接吻したら即結婚!?

婚約破棄された薬師令嬢が助けたのは隣国の皇帝でした

櫻田りん

23974

角川ビーンズ文庫

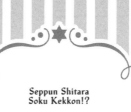

Seppun Shitara
Soku Kekkon!?

CONTENTS

シュヴァリエ・
リーガル
隣国・
リーガル帝国の皇帝
ヴァイオレット・
ダンズライト
ダンズライト公爵家の長女。
ダッサムの婚約者だった。
国家薬師
Seppun Shitara
Soku Kekkon!?
接吻したら
即結婚!?
婚約破棄された薬師令嬢が
助けたのは
隣国の皇帝
でした

マナカ

ニホンから来た聖女。
人を癒やす
光魔法が使える

ダッサム・ハイアール

ハイアール王国の
王太子

Characters

シェシェ・ゲルハルト

ヴァイオレットの
専属侍女。
ロンの妻

ロン・ゲルハルト

シュヴァリエの
従者。
シェシェの夫

本文イラスト／風見まつり

序章★求婚は接吻から

「シュヴァリエ皇帝陛下……！　後でなんなりと裁きは受けますから、ご容赦を……！」

ヴァイオレットの人生で初めてのキスは、未来の夫の命を救うための、ムードの欠片もない苦いものだった。


「ヴァイオレット・ダンズライト！　今この時をもって、貴様との婚約を破棄する！　理由なら言わずとも分かるだろう？」

ハイアール王国の王太子である、ダッサム・ハイアールが主催する舞踏会の会場。そこで、やや高い声でダッサムに婚約破棄宣言を告げられたヴァイオレットだったが、大きく動揺することはなかった。

ヴァイオレットより少しだけ高い身長のダッサムは、サラサラとしたプラチナブロンドの前髪を掻き上げた。その後ろには、貴族たちの困惑した様子が見えた。

煌びやかなシャンデリアの下。華やかなドレスを着た女性たちの一部は扇子を開くと笑みを隠し、男性たちの数人はくつくつと喉を鳴らした。

ほとんどの舞踏会参加者は「そんな馬鹿な……」とぽつぽつと零しながらヴァイオレットに同情の目を向けるが、その中でも異彩を放っているのがダッサムの隣にいる可憐な少女だ。

「ダッサム様……っ」

愛おしそうにダッサムの名前を呼んだのが、この大陸には生まれない黒髪に黒目の童顔な少女——マナカである。

百年に一度、異世界から転移してくると言われるキセキの存在だ。

約半年前、人々を癒やす特殊な力を持って現れた彼女は、この世界とは別の世界からやって来た。

ニホン、という国に住んでいたらしく、膝より上の丈のスカートを穿いていることが印象的だった。その彼女は今、淡い桃色のふんわりとしたドレスに身を包み、皆から『聖女様』だと言われている。

そんなマナカは、ダッサムのことを崇拝しているような眼差しで眺めていた。

「隣にいらっしゃる聖女様——マナカ様と新たに婚約を結びたいが故、私が邪魔になった、ということで宜しいですか？」

「なっ！　言い方を弁えんか、愚か者！　貴様は私が聖女であるマナカを気にかけることに嫉妬し、彼女に数々の嫌がらせをしただろう！　いくら私のことが好き過ぎるとはいえ、嫉妬など醜いぞ……！」

「……なるほど」

ヴァイオレットはポツリと呟いて、溜息を零した。

扇子を力強くパシンと閉じると、ヴァイオレットの腰ほどの長さの蜂蜜色の髪がふわりと揺れる。

乱れた横髪を耳に掛けると、髪の毛と同じ美しい蜂蜜色の瞳をスッと細めて、「どのような嫌がらせをしたというのでしょう？」と問いかけた。

「お前は王宮で彼女に会うたびに、聖女としてもっと勉強しろだのマナーが間違っているだの、小言をグチグチグチグチ言ったらしいじゃないか！」

「グチグチと言ったつもりはありませんが……それが嫌がらせですか？」

「これを嫌がらせ以外のなんだと言うんだ！　マナカはこの国に一人しかいない聖女だぞ!?　恥を知れ！」

ダッサムの言葉に、ヴァイオレットは再び静かに溜息を漏らして、口を噤む。

(殿下に好意はなかったわ。どころかむしろ嫌いだった。……殿下がマナカ様に興味を抱いてからは、こういう日がいずれ来ることも想像していたわ。……けれど、十年以上婚約者だった方にこんな公の場で罵倒されるのは、さすがに傷付く……)

表情をほとんど崩さないヴァイオレットだったけれど、気を抜けば声が震えてしまいそうだった。

しかし、ヴァイオレットは、自身はなにも間違ったことはしていないのだからと言い聞かせて、凛とした態度を貫き通した。

それからダッサムはというと、マナカから聞いたというヴァイオレットの醜聞を饒舌に語った。

先程の嫌がらせに加え、マナカが社交界の爪弾きにあうよう画策したとか、マナカを階段から落とそうとしたとか、あれやこれやを語るダッサムは嬉しそうだ。

ヴァイオレットがそんなことをした覚えはないと伝えても、「マナカが言っているんだから正しい！」という良く分からない理論を繰り出してくるので、もはや目も当てられなかった。

「私は将来ハイアール国の国王になる人間として、ヴァイオレットのような醜い女を妻にはできない！　よって彼女との婚約は破棄し、新たに聖女マナカを私の妻にする！　皆のもの、盛大な拍手を……!!」

一部で巻き起こる歓声と拍手。

それをしているのは、婚約破棄宣言があった際、ヴァイオレットのことを嘲笑っていた者たちばかりである。

（レリーヌ侯爵家に、バジリオ伯爵家。……その他の方も、我がダンズライト公爵家を引きずり下ろしたい者ばかりね）

代々筆頭公爵家としてハイアール国の政に大きく関わり、膨大な権力を持ったダンズライト公爵家を良く思っていない貴族たちが、少なからずいることを知っている。

だから、ヴァイオレットはこの事態に驚くことはなかった。

それからヴァイオレットは歓声が止んだタイミングで、もう一度口を開く。

「改めて申し上げますが、私はマナカ様を爪弾きにしたつもりも、危害を加えようとしたこともございません。知識やマナーを身に付けたほうが良いとは何度か申しましたが、それには理由が――」

「ええい！　黙れ黙れ……！　貴様の言い訳など聞きたくもないわ!!」

「……っ」

憤るダッサムに、ヴァイオレットは押し黙る。

将来妃となるため幼い頃から教育を受けてきたヴァイオレットは、どんな状況でも冷静に対応できるよう鍛えられてはいたけれど、将来夫となるはずだった人物にこう何度も怒鳴られるのはなかなかに応えたのだ。

（私の今までの努力や我慢は、一体……なんだったの）

けれど、今は過去に目を向けてもなにも変わらない。それに、なにもこの事態は想定できていなかったわけではないのだから。

ヴァイオレットは大丈夫、大丈夫よ、と自身に言い聞かせてから、優雅なカーテシーを披露してみせる。

そんなヴァイオレットに、会場中の雑音が一瞬掻き消えた。

「婚約破棄の件は承りました。この場にいない両陛下には、殿下からお伝えくださいませ。書面については——こちらを」

パチンと指を鳴らし、近くに待機させていた従者から、ヴァイオレットは筒状になっている書類を受け取ると、それを開いてダッサムへと手渡した。

「は？　なんだこれは？」

「……？　婚約解消に必要な書類ですが。ダンズライト家側の署名は全て終えてありますから、陛下の署名があれば直ぐに受理されるはずですわ」

「私が言っているのはそういうことじゃない！　何故事前にこの書類を準備してあるんだ！　しかも署名まで終えて……！」

先程より怒号の際に飛ばす唾が増えたダッサムの額には、色濃い青筋がブチブチと音を立てて浮かぶ。

今日一番感情的になっているその姿に、何故望みの婚約破棄が叶うというのにこんなに激怒しているのだろうとヴァイオレットは疑問だった。

けれど、そんな疑問を解消することも、どうでもいいことだ。

ヴァイオレットは淡々とした口調で言葉を続けた。

「殿下がマナカ様と逢瀬を繰り返し、愛を育んでいることには気付いておりました。同時に、以前よりも一層私に当たり散らすようになったことも。両親にも相談しましたところ、立場的に公爵家のこちらからでは婚約解消の申請はできないため、婚約破棄を言い渡されたら直ぐに同意できるよう書面は用意しておこう、という話になっておりました」

「……っ!!　つまり、この状況も貴様の想定の範囲内だと……。舐め腐るのもいい加減にしろよ！」

「……!?」

目を血走らせたダッサムは、王族とは思えないような口調で捲し立ててくる。

「貴様のそういうなんでもお見通しといった態度が昔から大嫌いだったのだ!!　勉強やマナーが完璧だからと調子に乗りおって……！　将来王になる私のほうがどう考えても偉いのに、貴様はいつも偉そうに勉強しろだの貴族の前では弱みは見せるなだの……何様のつもりだ!?　お前のような可愛げのない女など、俺が捨てれば誰も拾わんぞ!!　泣いて許しを請えば側室くらいにはしてやったというのに……婚約解消の署名を済ませているだと……？　ふざけるな!!　クソクソクソ!!」

「………っ」

好かれているとは思わなかったけれど、まさかここまで嫌われているだなんて。

「……そう、でしたか」

ショックで、もう立っているのも精一杯だ。

それなのに、ダッサムは未だにヴァイオレットへの罵倒を続け、それが終わる頃には今度は比較するようにしてマナカを称賛し始めた。

可愛らしいとか、話しているだけで癒やされるとか。そして、最後には——。

「私の新たな婚約者はこの国に一人しかいない聖女だ！　ヴァイオレットなんかよりも魅力的で、素晴らしい能力も持っている！」

「やだ……ダッサム様、褒め過ぎですよ……」

ダッサムにそっと寄り添いながら、マナカはうっとりとした表情で言う。その姿は、ダッサムに心酔しているようにヴァイオレットには見えた。

「そんなことはないよ、マナカ。ああ、そうだ。この場で聖女の力を披露してやってくれないか？　そうすれば、この国においてそなたがどれほど貴重で尊い存在なのか、より皆が理解するだろう！」

「分かりました……！」

ヴァイオレットに見せつけるようにして、マナカの腰を引き寄せながら提案したダッサム。対して、マナカはなんとも嬉しそうな表情で魔法の呪文を唱える。

そして次の瞬間、マナカの体を纏うように現れた光の粒が会場中に浮遊した。

「これが、キセキの力……凄い……」

誰かがそう呟いた。この力こそ、マナカの能力。魔力を持つものはあれど、今やもうこの世界の人間には誰一人使うことができない奇跡の御業――魔法だ。

それもマナカが扱うのは回復を司る光魔法であり、その光の粒は、会場中の貴族たちのちょっとした怪我や、内臓の不調などを癒やしていく。

その様子にダッサムはヴァイオレットを見て、優越感に浸るような笑みを浮かべていた、のだけれど。

――キャアアア!!

会場後方から聞こえる令嬢の叫び声とざわつきに、ヴァイオレットはくるりと振り返る。

そして、ざわつく貴族たちの視線の先にいる、横たわった男に気が付いたヴァイオレットは、男の元に急いで駆け寄った。

「……っ、シュヴァリエ皇帝陛下！　大丈夫ですか!?」

――この時のヴァイオレットはまだ知らなかった。

直後の自身の行動をきっかけに、隣国の皇帝――シュヴァリエ・リーガルに求婚され、どろどろに溺愛される未来が待っているなんて……。

第一章★天才薬師のヴァイオレット

ヴァイオレットは二十年前、ダンズライト公爵家の長女として生を受けた。

幼い頃から学ぶことが大好きであり、家庭教師もマナーの講師も皆、彼女の優秀さには舌を巻いたものだ。

『お前に縁談が来ている。お相手は第一王子のダッサム・ハイアール殿下だ』

公爵令嬢であり、そんな優秀なヴァイオレットに王族からの縁談が舞い込むのは、なんらおかしな話ではなかった。

しかし、その縁談を受けたのが不幸の始まりだったのだ。

優秀なだけでなく、責任感が人一倍強かったヴァイオレットは、ダッサムの婚約者になってからというもの、頻繁に王城へ出向き、妃教育を受けるようになった。一般的な貴族令嬢とは比べ物にならないほどの知識や教養を要するため、妃教育は大変だったが、頭の回転の速さや元々の知識量、弛まぬ努力から、それほど躓くことなく学びは進んだ、のだが。

『ダッサム殿下、一緒にお勉強をしませんか？　良ければ私がお教えいたします』

問題は婚約者——自身の二つ年下のダッサムが、あまりにも勉強ができず、それをまずいと思っていないことだった。

それでも、その原因がマイペースな性格であるとか、勉強は得意でなくても武術や剣術にかなり優れていて、そちらに力を割いている、ということならば良かったのだけれど。

『おい女……公爵令嬢の貴様ごときが私に勉強を教えるだと!? 私のことを誰だと思っている！ 次期国王となる高貴な人間なんだぞ!? 謝罪しろ!!』

『は、い……？』

能力は高くないのに、プライドと地位だけは立派なダッサム。

自身が何者よりも尊いと信じ、他者への労りの気持ちを持たない彼は、人の上に立つべき人間ではない。

ダッサムと会って半年ほどで、ヴァイオレットはそう確信したが、それでも彼を支えるのは自分の使命なのだと思うようにした。

現国王と妃からは、ダッサムのことを正しい道へと導いてやって欲しいと無茶振りをされたが、責任感の強いヴァイオレットはそれも受け入れた。

ダッサムには根気よく付き合っていくしかない、足りない部分は自分が補えるように頑張れば良いのだ。たとえ一生愛されなくとも、彼のことを愛せなくとも、パートナーとして民のため、国のために頑張りたい。

ダッサムとマナカが愛し合おうと、それを密かに育むのならば、自分が我慢して、これまで通り頑張れば良いのだと思っていた、というのに。

招待客たちが慌てふためく舞踏会会場は、かなりの混乱に陥っていた。

「皆様落ち着いてください！　シュヴァリエ皇帝陛下の従者の方はいらっしゃいますか⁉」

マナカが聖女の力を発動した瞬間、突然倒れたシュヴァリエ。そんな彼に駆け寄ったヴァイオレットは、慌てた様子の貴族たちを落ち着かせる。そして、シュヴァリエの状態を素早く観察した。

（呼吸が浅くて苦しそう……じっとりと汗をかいていて、胸を押さえている。考えられるのは持病が悪化したか、突然の発作……？　あっ、もしかして……）

直後、「私です！」と言って駆け寄ってきた彼の従者らしき白髪の男に、ハッとしたヴァイオレットは、彼に問いかけた。

「シュヴァリエ皇帝陛下は魔力持ちですか？」

「は、はい！　その通りです！」

「やっぱり……それならこの症状は、マナカ様の魔法の影響を受けた魔力酔いと考えて間違いないわね」

この世界では、かれこれ数百年前に魔法が使える者はいなくなった。

そのため、マナカのような魔法が使える異世界人が貴重とされる。

しかしときおり、魔法は使えないが、魔力を有した者が生まれることがある。所謂魔力持ちだ。

ハイアール国には、現在魔力持ちはいないが、隣国のリーガル帝国は過去に魔法大国だったからか、人口の一パーセント程度が魔力持ちであることを、ヴァイオレットは知っていた。

（魔力持ちの者は、他者の魔力に干渉される――つまり他者に魔法をかけられると、自身の魔力が乱れて魔力酔いを起こす……。異世界から転移してきた聖女しか魔法は使えないし、我が国には魔力持ちはいないから、実際の魔力酔いを見るのは初めてだわ）

呼吸困難や胸の苦しみから始まり、最終的には死に至る、それが魔力酔いだと文献で読んだことがある。

昔は魔法を使えた者が多く存在したのだが、彼らは魔法を使用するたびに魔力回路に刺激が加わっていたため、他者の魔法を受けても魔力酔いは起こらなかったのだという。

勤勉なヴァイオレットは魔力酔いについても詳しく、突然倒れた彼の症状と、タイミングからして、おそらくシュヴァリエは魔力酔いに間違いないのだろうと推察した。

（早急に処置しなければ、皇帝陛下のお命が危ない……！）

「おい！　皇帝陛下はどうなされたのだ！　答えんかヴァイオレット！　まさかお前が毒でも盛ったのか!?」

だというのに、悶え苦しむシュヴァリエを労るわけでもなく、仁王立ちのままで戯言を抜かすダッサム。

王族教育をまともに受けていれば、魔力持ちや魔力酔いのことは当然知っているはずなのに、この状況が理解できないダッサムに、ヴァイオレットは怒りを覚えた。

「今は殿下の相手をしている暇はありませんわ！　この状況で皇帝陛下が魔力酔いであることも分からないようなら引っ込んでいてくださいませ！　邪魔です！」

「なっ!?　王子の私に邪魔だと!?　不敬だぞ貴様！」

不敬もなにも、人の命が懸かっている時に馬鹿なことを言うダッサムが悪いのだ。

ヴァイオレットは内心そう開き直ってダッサムを無視すると、呻き声を上げるシュヴァリエに顔を近付けた。

「意識はありますか、皇帝陛下……！」

「うっ……あ、ぐっ……ヴァイ……オレット、じょ、う」

碧の瞳を薄っすらと覗かせ、額に黒い前髪を張り付かせているシュヴァリエは、普段の端整な顔立ちの中に、弱々しさとほんの少しの色気を含んでいる。

何度かこういったパーティーで顔を合わせたことがあるヴァイオレットの名前をきちん

と言える程なのだ。どうやら意識はしっかりとあるらしい。

ヴァイオレットは少しだけ安堵すると、言葉を続けた。

「陛下は今、我が国の聖女、マナカの魔法により魔力酔いを起こされています！　このままではお命が危ないため、私が処置を行いますこと、お許しください……！」

「……っ、あ、あぁ……」

シュヴァリエの意識がなければ、彼の従者に一言入れるつもりだったが、本人の意識があるなら彼に許可を取るのが一番だ。

ヴァイオレットは、失礼いたしますと言ってシュヴァリエの頭を自身の膝の上に乗せて彼が呼吸しやすいよう体勢を整えると、すぐさま自身の従者に声を掛けた。

「今すぐ公爵家の馬車内にある薬箱を持ってきなさい！　急いで……！」

「はいっ!!」

会場がざわつき、背後からはダッサムの罵倒する声、マナカの動揺した声が聞こえる。

この会場にいるほとんどの者が、シュヴァリエの体になにが起こっているのか分かってはいないだろうから、それは当然だろう。

けれど、ヴァイオレットは違う。常に穏やかな笑みを向けながら、必ず助けますからと、シュヴァリエに励ましの言葉をかけ続けていた。

「ヴァイオレット様！　薬箱を持って参りました！」

「ありがとう……！　助かったわ！」

ヴァイオレットは従者から薬箱を受け取ると、それを開いて目的の薬を取り出す。

「シュヴァリエ皇帝陛下、今から私が開発した、魔力酔い止めの薬を飲んでいただきます」

芯の通った声で言葉を紡いだのは、ヴァイオレット・ダンズライト。

彼女がダッサムの婚約者に選ばれたのは、公爵家の娘で勉学に優れていたからだけではない。

「国家薬師の資格を持っていますので、調合技術には長けていると自負しています。魔力酔いについての文献も読み込みましたから、効果はあるかと思います。安全性の検証はクリアしていますので……そのあたりはご安心いただいて大丈夫です」

ハイアール王国では、他国の追随を許さないほどに薬学が発展している。

そんな我が国で一番取るのが難しいとされている――薬の調合、処方まで自由に行うことができる、それが国家薬師の資格だ。

妃教育で多忙ながら、最年少で最難関の国家薬師の資格を取得したヴァイオレットのことを、多くの者はこう言う。

「――類まれなる調合技術と知識を併せ持つ、天才薬師」

透明な液体が入った小瓶を手に持ったヴァイオレットを見ながら、シュヴァリエの従者もそうポツリと呟いた。

ヴァイオレットが薬を自ら作ることに興味を持ち始めたのは、妃教育が始まったのとほぼ同時期だ。

これと言って大きな出来事があったわけではないけれど、体の弱い母が薬師に処方してもらった薬を飲むことで、少しだけ元気に過ごせる様子を毎日見ていたからだろうか。

薬師のお陰で母と共に散歩ができたり、弟と共に母に本を読んでもらえたり、両親が仲睦まじく笑っていたり、そんな他愛もない日常を与えてくれた薬師に、ヴァイオレットは感謝し、憧れた。

いつか自分が作った薬で、母をもっと楽にしてあげたい、元気にしてあげたい。

頼もしい父、穏やかな母に、可愛い弟。愛してやまない家族の幸せのために、ヴァイオレットは妃教育で多忙な中でも、国家薬師になるための勉強や努力をし続けてきたのだ。

「シュヴァリエ皇帝陛下、これを飲めば魔力酔いは治まるはずです。少し苦いですが、飲めますでしょうか……？」

「……っ」

そして国家薬師になったヴァイオレットは、今はもう国一番の薬師と名高い。

貴族令嬢の彼女は一般的な国家薬師よりも薬を扱う時間は短いものの、立場的に他国の有力者と会うことが多かった。そのため、他国でしか取れない薬草や、薬の材料となる特殊な生き物などの情報に強く、それらを扱って次々に新たな薬を開発していた。

現に、今手に持っている魔力酔い止め薬も、以前にパーティーでシュヴァリエと話した際に、新しい薬草が見つかったと教えてもらい、そして買い取り、それを使用して調合している。

そもそも、魔力酔い止め薬を作ろうと思った経緯にも、シュヴァリエが関わっている。

というのも、魔力持ちが存在する帝国の長である彼は、なにかの折に国民が魔力酔いの脅威に晒されないか不安視していたのだ。

それを聞いたヴァイオレットは、自身の調合技術がもしかしたら役に立てるかもしれないと、魔力酔い止め薬の開発を始めたのである。

それに、将来ハイアール王国の王妃になる立場として、魔力酔い止め薬を作っておけば、何かあった際に役立つかもしれない。

そんな思いから、ヴァイオレットは魔力酔いの症状が書かれた文献を参考にして作り上げたのだ。

(早く、シュヴァリエ皇帝陛下をお助けしなければ)

ヴァイオレットは、薬の瓶の蓋をしゅぽんっと開けると、飲み口をシュヴァリエの口へと近付け、傾けていった。

「シュヴァリエ皇帝陛下。お口を開けていただいてもよろし――」

「ぐっ……がッ……」

「皇帝陛下？」

しかし、シュヴァリエの口の中に薬が入っていくことはなかった。

症状が悪化してきたらしいシュヴァリエが、より一層悶え苦しみだし、唇を噛みしめるようにして顔を歪めているからである。

「皇帝陛下！　お辛いのは分かりますが、このお薬だけどうにか飲むことはできませんか……！」

「ああっ……ぅッ……！」

相当辛いのか、顔を真っ青にしているシュヴァリエの口元から顎にかけて、ツゥ……と薬が伝っていく。

（……この様子では、無理かもしれないわね）

意識はあるように見えるが、あまりの苦しさにこちらの声が届いていないように思う。

おそらくこの状態のシュヴァリエの口に薬を注いでも吐き出してしまうのがオチだろう。

「どうしよう……どうしたら……っ、このお方を助けられる……？」

悩むヴァイオレットに、手を貸すものは彼女の従者と、シュヴァリエの従者くらいだ。

彼らはヴァイオレットに「なにかできることはあるか」と尋ね、二人の傍らに寄り添っている。

反対に、ダッサムとマナカを含む他の貴族たちは皆、距離を空けており、遠目からヴァイオレットたちの様子を窺うだけだ。

というのも、シュヴァリエは、大国、リーガル帝国の皇帝だ。

その命を救ったとなれば功績も大きいだろう。しかし、その反面、もしもシュヴァリエを助けることに手を貸して、彼を助けられなかったら。

そのことをリーガル帝国に問題にされることがあれば、彼を助けるために手を貸した人間が罪を背負う可能性があると考えたに違いない。

「……っ、薬を飲ませなければ助けられない……。けれど、このままの状態では皇帝陛下本人の力だけで飲むことは難しい……今、私がこのお方にできることは……」

協力してくれる従者たちはいれど、決定権は自分にある。

今、シュヴァリエの命を握っているのは間違いなく自身であることを自覚しているヴァイオレットの額には、粒状の汗が滲んだ。

「……！　そうだわ……！　これなら……！」

その時、必死に頭を回転させたヴァイオレットにはとある考えが浮かぶ。

「なにか良い考えがあるのですか？」と食い入るような視線で見つめてくるシュヴァリエの従者に、ヴァイオレットは問いかけた。

「貴方、結婚はしているの？」

「え？　はい」

その返答を聞いてからは、自身の従者を見て、「貴方も……結婚していたわね……」と呟くヴァイオレット。

ぽかんとしている従者たちから、再びシュヴァリエへと視線を移す。

「……シュヴァリエ皇帝陛下には悪いけれど、ご夫人を傷付けるのはいけないものね……」

「「ご夫人？・」」

声が被る従者たち。ヴァイオレットはそんな彼らに一瞥をくれてから、覚悟を決めた強い瞳でシュヴァリエを見つめる。

「シュヴァリエ皇帝陛下……！　後でなんなりと裁きは受けますから、ご容赦を……！」

やや羞恥を孕む声色でそう言ったヴァイオレットは、一旦膝の上の彼の頭を床に下ろし、自身が手に持っている魔力酔い止め薬を勢いよく口に含むと、そのままシュヴァリエの唇に、自身の唇を重ね合わせた。

ややひんやりとした唇はシュヴァリエの状態の悪さを表しているようだ。

ヴァイオレットは、シュヴァリエに薬を口移しで飲ませることに意識を注いだ。

（あっ、少しずつ飲み込んでいるわね）

ごくんと小さな音を立て、喉を上下させるシュヴァリエにヴァイオレットは安堵する。

周りの貴族から「破廉恥な！」やら「キャー！」やら「尻軽女でもあったのか貴様！」なんて煩い声が聞こえてくるが、今は知ったことではなかった。

おそらくダッサムが言ったのだろう、「尻軽女でも——」という台詞には若干苛立ちはしたけれど。

「……んっ、これで全部飲んだわね……」

自身の口内にあった薬は全て無くなり、シュヴァリエは嚥下を終えた様子だ。

できるだけ早く薬が効いてほしい。そんな思いでヴァイオレットはシュヴァリエを注意深く見ていると、彼が口を開いた。

「……っ、ヴァイオレット、じょう？」

薄っすらと目を開けて、先程とはまるで違う穏やかな表情を見せたシュヴァリエに、ヴァイオレットはグイと顔を近づけた。

「シュヴァリエ皇帝陛下！　お加減はいかがですか⁉　息苦しさや胸の痛み、倦怠感などはありませんか⁉」

「ああ。楽に、なった……」

「それは良かったです……！　皇帝陛下を危険な目に遭わせてしまったこと、なんとお詫びすれば良いか……大変申し訳ございませんでした……！　本当に、ご無事で良かっ——って、あら？　少しお顔が赤いようですが、まさか、私が知らない薬の副反応でも……」

不安げなヴァイオレットの言葉に、シュヴァリエはすぐさま答えた。

「……薬がどうこうではない。本当に体調には問題ないから大丈夫だ」

「そうですか……？　それなら良いのですが」

シュヴァリエの顔が未だに赤いので心配だったものの、とりあえず大丈夫そうなら良かった。

……そう、安堵したヴァイオレットだったが、今なお近いシュヴァリエの顔をしっかりと見たことで、頰にぶわりと熱が集まった。

（そうだわ、私、人命救助のためとはいえ、さっきシュヴァリエ皇帝陛下と、キッ……キスを……!!）

口移しをしている時は比較的冷静だったというのに、シュヴァリエの無事が確認できた途端、ヴァイオレットの内心は先程のキス（口移し）で頭が一杯になった。

シュヴァリエは、上半身を起こすと、「ご無事で良かったです」と安堵した表情の従者に「心配をかけてすまなかった」と謝罪している。

周りの貴族たちもシュヴァリエの無事を確認したためか、拍手して歓喜しており、さすがにこの空気には乗らなければまずいと思ったのか、ダッサムもマナカと共に手を叩いていた。調子が良いという言葉に尽きるわけだが、今のヴァイオレットにはそんなことを思う余裕はなかった。

「――ヴァイオレット嬢」

「ひゃ、ひゃいっ!!」

突然シュヴァリエに呼ばれ、ヴァイオレットは大袈裟なくらいに肩を揺らす。先に立ち上がったシュヴァリエが「ほら」と手を差し出してくれたので、その手を摑んで立ち上がったものの、羞恥から彼の顔を直視することは中々に難しかった。

(友好国の皇帝陛下と目を合わせないだなんて失礼に値するかもしれないけれど……うぅっ)

それでも、妃教育を施されてきたヴァイオレットは、自身の感情よりも他者との友好関係や、国益を優先しなければいけないと脳裏に刷り込まれている。

だから、必死に羞恥を胸の奥に押し込んで、やや潤んだ瞳でシュヴァリエと目を合わせる。

すると、彼がゆっくりと片膝を床についた。

そして、シュヴァリエはヴァイオレットを真剣な瞳で見つめた。

「ヴァイオレット嬢」

「は、はい」

(あ、あら？　そういえば皇帝陛下は、全く動揺していないわね)

シュヴァリエが遊び人だという噂は耳にしたことがない。むしろ、二十五歳にしてまだ妻を娶らず、仕事が恋人との噂があるほどだ。

もしその噂が嘘で、彼が本当は遊び人だったとしても、こんなに大勢の前でキス（口移し）をしたとなれば、少しくらいは動揺が表情や声に表れるのではないか。

（あっ、分かったわ！　もしかしたら、口移しで薬を飲ませた時だけ意識が朦朧としていて、キスをしたことに気付いていないのかもしれない……！）

そうだとしたら、シュヴァリエの態度にも説明がつく。

おそらく後で事の顛末の説明はすることになるだろうが、今はとりあえずこの場を乗り切ることが先決だ。

ヴァイオレットはそう考えた結果、心に落ち着きを取り戻したというのに、それはあっけなく無駄な努力に終わった。

「倒れてからずっと貴女が励ましてくれていたことも、素早く薬を手配してくれたことも、それを……口移しで飲ませてくれたことも、全て覚えている」

「えっ」

そう言って、シュヴァリエはヴァイオレットの手の甲に、そっと口付けてから、再び口を開いた。

「俺は貴女のおかげで死なずに済んだ。ありがとう、貴女は俺の女神だ」

「〜〜っ」

穏やかな笑顔で見上げてくるシュヴァリエに、ヴァイオレットは咄嗟に声を出すことができなかった。

女神だと言われたことへの恥ずかしさや、手の甲へのキスに先程の口移しをまた思い出したから、そして――。

「シュヴァリエ皇帝陛下は、魔力酔いの最中のこと、全てを覚えていらっしゃるのですか……っ!?」

「……ああ、はっきりと。貴女がご容赦をと言いながら、口移しで薬を飲ませてくれた時の唇の温度まで、正確に覚えている」

「～～っ!?」

「そこでだ。命を助けてもらったばかりで、こんなことを言うのはなんなんだが――」

そこでだ、ではない。キスの話を繰り広げたいわけではないけれど、そんなにさらっと終われる話でもないはずだ。

(いや待って！　私はどうしたいの……!?　もう訳が分からない！　とりあえず逃げ出したい……っ)

ヴァイオレットは惑いながらも、シュヴァリエに対して反射的に「なんでしょう!?」と答える。

すると、シュヴァリエの喉仏が一瞬大きく縦に揺れ、直後、彼は穏やかさの中に真剣さが混じった瞳でヴァイオレットを見つめた。

「ヴァイオレット・ダンスライト公爵令嬢。これまでの次期王太子妃候補としての振る舞いや多岐にわたる気遣い、手腕、聡明さはもちろんのこと、薬師としての能力の高さ、口移しをしてでも俺を助けようとする勇敢さと優しさ、貴女には非がないのに、すぐさま国の代表として謝罪をする責任感の強さ――いや、貴女の全てに俺は心惹かれた」

「えっ……あの……」

「先程貴女はそこにいるダッサム・ハイアール殿下と婚約を解消すると話していたな。その婚約解消の手続きが済み次第、貴女さえ良ければ、俺の妻になってくれないだろうか」

「つ、ま……？」

一生分に感じるほど褒められるだけに止まらず、まさか隣の大帝国の皇帝――シュヴァリエ・リーガルから求婚されるだなんてヴァイオレットはにわかに信じ難かった。

そのため、ヴァイオレットは何度も何度も「つま？」「つ、ま？」「妻？」と同じ言葉を漏らしてしまう。

「ふっ……ヴァイオレット嬢、大丈夫か？　突然のことで驚くのは分かるが、少し落ち着くと良い」

シュヴァリエから求婚されて、壊れたおもちゃのように「妻」という言葉を連呼したヴァイオレットだったが、彼に話しかけられたことでハッと意識が現実に戻る。

いつの間にか立ち上がり、こちらを優しげな瞳で見下ろすシュヴァリエは、ヴァイオレットに対してゆっくりと頭を下げた。

「本当にすまないな、突然。しかも、こんなに大勢の人前で……婚約解消の話をしていた直後に、求婚だなんて」

「あの、その……失礼なのですが、冗談、などでは……」

「悪いが一切冗談ではないよ。俺は本気でヴァイオレット嬢——貴女を妻にしたいと思っている」

「……っ、ほ、本気で……妻に……」

シュヴァリエは再びヴァイオレットの手を取ると、ギュッと握り締める。そんな彼の手の分厚さや、温かさを感じていると、シュヴァリエは聞き心地の良い低い声で囁いた。

「……そう。俺は本気だ。どうか、俺の求婚を受け入れてくれないだろうか」

「で、ですが、私はダッサム殿下から婚約破棄されたばかりの身で……」

シュヴァリエの求婚には、確かに驚いた。

けれど、ダッサムとは違って、常に皇帝としての佇まいを崩すことなく、国や民のために身を粉にして働いているシュヴァリエのことは以前から尊敬していた。だから本音を言えば、求婚されたことは嬉しかった。

能力を認めてくれたり、褒めてくれたりしたことも嬉しかった。ダッサムと婚約を解消してもいずれ誰かのもとに嫁ぐのならば、こんな素敵な人なら良いのにと思うくらいには、シュヴァリエの求婚は胸に響いたのだ。

（けれど……こんなに大勢の前で婚約破棄と言われてしまった私は、社交界で傷物扱いされてしまうわ。きっとシュヴァリエ皇帝陛下の汚点になってしまう。それは、いけないわ）

だから、ヴァイオレットは本心を隠して、シュヴァリエからの求婚を断ろうと思い、彼から手を離したのだけれど、その時だった。

「シュヴァリエ皇帝陛下！　ご無事でなによりでした！　いやー！　良かった！　しかし、こんな女に求婚などと、まだ体調は万全ではないのでは？」

マナカの肩を抱き、ヴァイオレットたちの近くへいそいそとやってきたダッサムは、シュヴァリエに謝罪の一つもすることなく、ヴァイオレットを蔑むようなことを平気で言ってのけた。

「……っ、ダッサム殿下！　私のことはなんと仰っても構いませんが、まずは正式に謝罪するのが最低限の礼儀ではありませんか⁉　いくらなんでもシュヴァリエ皇帝陛下に失礼ですわ！　命が危なかったんですよ⁉」

「煩いぞヴァイオレット！　私は魔力酔い？　なんてことは知らなかったのだ！　知らなかったのだから仕方がないだろうが！　それに貴様の変な薬で助かったんだろう？　もうそれで良いではないか！」

「……っ、ですから！　それではいけないのです……！」

ダッサムの暴走をマナカは止める気はないのか、ダッサムを愛おしそうに見つめるだけで、諫めることもしない。

ダッサムとマナカでこの国の未来は大丈夫なのだろうかとヴァイオレットは不安に思ったが、今はシュヴァリエへの非礼をどうにかしなければと、彼に向かって力一杯頭を下げた。

「本当に申し訳ございません……！　シュヴァリエ皇帝陛下、此度の件……全ては我が国側の責任でございます」

「……いや、ヴァイオレット嬢は謝る必要はないよ。むしろ、貴女は俺の命の恩人だからね。……だが、ダッサム殿下、少し良いか」

地を這うようなシュヴァリエの低い声で名前を呼ばれたダッサムは、怖がって体を縮こまらせる。

なにも怖がっていませんよ、とふんぞり返ったような体勢になってシュヴァリエに向かい合ったダッサムを見て、ヴァイオレットは頭が痛くなった。

「……俺は貴殿と、新たな婚約者のマナカ殿には酷く怒りを感じている。後で貴殿たちのことは正式に抗議させてもらうから、そのつもりでいてくれ」

「!?　シュヴァリエ皇帝陛下！　それはやめていただけませんか!?　あっ、そうだ！　魔力酔い？　については謝罪しますから、どうか今日のことは私の両親には内密に……！」

ヘコヘコと謝り出したダッサムに、シュヴァリエは大きな溜息を漏らした。

「……ハァ。こんなに大勢の前で起きたことを、なにをどう内密にするか逆に教えてほしいくらいだが、まあそれは良い。それに、どうせ謝るのならばヴァイオレット嬢に諌められた時に素直に従えば良いものを、今更……呆れたものだ。ああ、それと、俺が怒っているのは俺が魔力酔いを起こしたことだけではない」

「と、言いますと……?」

ヴァイオレットも疑問に思いシュヴァリエに視線を寄せれば、彼はヴァイオレットに一瞥をくれてから、口を開いた。

「ヴァイオレット嬢を大勢の前で罵り、恥をかかせたこと。証拠もないような罪を言い立てて、彼女を傷付けたことだ」

怒りを纏わせた声色で、ヴァイオレットが傷付けられたことに腹を立てていると話すシュヴァリエ。

ヴァイオレットはシュヴァリエの気遣いが嬉しくて、一瞬鼻の奥がツンとした。けれど、この場では毅然とした態度でいなければと、必死に堪えた。

「そ、それは……！　ヴァイオレットが悪くて、それに、マナカは嫌がらせを――」

「ヴァイオレット嬢の婚約者だったはずの貴殿は、一体彼女のなにを見てきたのだか。国のため、民のため、身を粉にしてきた彼女が、国の発展や平和に繋がる聖女殿に嫌がらせをするわけないだろう。……ハァ。まあ、貴殿にはなにを言っても無駄だろうから、ハイアール国王陛下にしっかりと話をつけさせてもらう。……覚悟しておけよ」

「……っ、そ、そんなっ!!」

「ダッサ……」

皇帝として声を荒らげることなく冷静に対処しているシュヴァリエの一方で、王太子としての矜持のかけらもないダッサムに、とある令嬢がそう囁く。

それからダッサムは、すっかり大人しくなり、マナカに支えられながら、逃げるようにして会場を出ていった。

よほどシュヴァリエが怖かったのだろうか。それとも、両親——現国王と妃に此度の件を抗議され、なにかしらの処罰を受けることに絶望したのか。もしくは、「ダッサ……」という言葉が、あまりにも恥ずかしかったからだろうか。

(まあ、最後の最後に私を睨みつけるところだけは、相変わらずだけれど)

どうせこのパーティーで起こったことは、全てヴァイオレットが悪いのだと思っているに違いない。

ヴァイオレットが婚約破棄された事実を悲しみ、ダッサムに縋れば、マナカに聖女の力を使わせることもなく、こんな大事には至らなかったと考えているのだろう。

長年ダッサムの婚約者だったヴァイオレットには、彼の考えが手に取るように分かった。

(これを機に少しはご自身の軽率な言動を改め、反省し、良き王となるため努力してくだ

さったら良いのだけれど……。どうかしら）

ダッサムが出て行った扉を眺めながら、元婚約者について思考を巡らせていたヴァイオレットは、背後から穏やかな低い声で「ヴァイオレット嬢」と、名前を呼ばれたので、くるりと振り向いた。

そしてヴァイオレットは、その声の主に再び頭を下げた。

「シュヴァリエ皇帝陛下。改めて、この度は危険な目に遭わせてしまい、そして不快なものまでお見せしてしまって、本当に申し訳ありません」

「……何度も言うが、貴女が謝る必要はないよ。それと、さっき出て行ったクソ男――失礼、あの者たちの話は一旦やめにして、俺との未来について考えてほしいのだが」

「……っ！　み、未来……っ」

（って、待って？　ダッサム殿下のことクソ男って言った？）

シュヴァリエの突然の汚い言葉にヴァイオレットは驚いたものの、もしかしたら聞き間違い、もしくは彼の言い間違いだろうと、深く詮索することはなかった。

「その、先程の求婚の件なのですが……」

それからヴァイオレットは素早く頭を切り替えて、先程の彼の問いに答えようと口を開く。

自身の感情はどうあれ、婚約破棄された自分が皇帝の妻になるのはシュヴァリエにとって良くないだろうと、再び断ろうとした、その時だった。

シュヴァリエはヴァイオレットの耳元に顔を寄せて、囁いた。

「どうか断らないでくれ。貴女を妻にしたいのには、もう一つ大きな理由——事情があってな」

「事情……？」

やや上擦(うわず)った声が漏(も)れたヴァイオレットに、シュヴァリエは言葉を続けた。

「ああ。実は我がリーガル帝国(ていこく)には、皇帝(こうてい)の地位を継(つ)いだ者が妻を娶(めと)る際、ある決まりがあるんだ」

「……！　決まりですか？」

そのとある決まりとやらがあるから、もしかしたらシュヴァリエは今まで結婚(けっこん)をしていなかったのではないだろうか。

聡(さと)いヴァイオレットはそこまで察して、そして続く彼の言葉に耳を傾(かたむ)けた。

「実は、皇帝は即位(そくい)してから初めて口付けを交(か)わした者を、妻にしなければならない決まりがある。その相手に断られた場合は、一生配偶者(はいぐうしゃ)を持てない」

「……!?　それって、つまり——」

「ヴァイオレット嬢が俺の妻になってくれないと、俺は一生独身だということだ。……皇帝という立場である以上、死ぬまで独身というのはさすがにな。ということで、ヴァイオレット嬢」

（ああ、なるほど。そういうことだったのね）

ヴァイオレットは、この段階で全てを理解した。

おそらく自身はシュヴァリエに人として嫌われてはいないだろう。それに、彼の褒め言葉や求婚の言葉は完全な嘘には聞こえなかった。

けれど、シュヴァリエが求婚してきた本当の理由は、皇帝の配偶者選びの決まりがあるからなのだと。

このことを耳打ちで打ち明けて、皆の前では正式に求婚してくれたのは、ヴァイオレットの立場やプライドを、守るためなのだと。

皇帝という立場の事情、自身への配慮。ヴァイオレットは、それをしっかりと理解した、だから。

「――改めて、俺の妻になってくれないだろうか」

耳元から離れ、皆に聞こえるような声で再度求婚をするシュヴァリエ。

ヴァイオレットは口の端を少し上げて、目を細め、美しい笑みを浮かべる。

「……はい、もちろんでございます。シュヴァリエ皇帝陛下」

そして、ヴァイオレットは様々な感情を胸の奥にしまい込み、その求婚を受け入れた。

「ありがとう！　ヴァイオレット嬢！　絶対に幸せにするから」

まるで、長年の恋心が成就したかのように、大きく目じりを下げて、心底嬉しそうにシュヴァリエは言う。

――ヴァイオレットはこの時、確かにシュヴァリエに惹かれ始めていたけれど、この思いが明確に恋愛的な意味で好きなのかどうかは分からなかった。

だから、シュヴァリエの求婚の意図が心から愛したからではなく、独特な配偶者の選定法のためだったとしても、受け入れることができた。

もちろん、求婚に事情があったということには、少なからず傷付いた。

けれど、自身が傷物扱いされるかもしれないことを危惧して、シュヴァリエからの求婚を断る必要はないこともまた事実であり、そのことに安堵も覚えた。人間の感情はなんて複雑なのだろう。

「絶対、絶対に幸せにするからな、ヴァイオレット嬢」

――だが、満面に笑みを浮かべ、幸せにすると誓いながら手を握ってくれたシュヴァリエに、複雑な感情はパンッと弾けた。

次いで、心に花が咲いたような嬉しさに包まれるのだから、ヴァイオレットの乙女心は案外単純なのかもしれない。

（そう、よね。こんなに喜んでくださっているんだもの、理由はどうあれ、彼の妻として頑張りたい）

シュヴァリエとの結婚や、これからの未来に不安がないわけではなかったけれど、きっと彼とならば互いに尊重し合えるような関係を築けるだろう。

「はい……！　これからよろしくお願い致します！」

そう感じたヴァイオレットは、シュヴァリエの節ばった大きな手をギュッと握り返した。

舞踏会が終わって、約一時間後。

三日後にヴァイオレットの実家に挨拶に行くという約束を取りつけてから彼女と別れたシュヴァリエは、ソファーでホッと息をつく。

気を抜けばついつい緩んでしまいそうになる表情を必死に引き締めれば、従者に話しかけられた。

「シュヴァリエ様、まだ頬が緩んでおりますよ」

彼はロン・ゲルハルト。肩にかかった艶やかな白髪が特徴的な、二十代の従者だ。体の線はやや細く柔らかな顔つきの男だが、多忙なシュヴァリエのスケジュール管理や書類仕事をすんなりこなし、シュヴァリエは絶大な信頼を置いていた。

「……仕方がないだろう。ずっと好きだったヴァイオレット嬢が求婚を受け入れてくれたんだ。婚約破棄されて傷付いた彼女には悪いが……これを喜ばずにいられるか」

シュヴァリエは破顔した表情を隠すように俯く。

そんなシュヴァリエに、ロンは目を細めてフッと微笑んだ。

「まあ、そうですね。それにしても、案外すんなりと求婚を受け入れてくださって良かったですね。ヴァイオレット様ならば、婚約解消された私では……と断るのではないかと思いましたが」

「ああ。そう言われそうな空気を感じたから、先に手を打った」

「え？　なにをしたのですか？」

目を見開いているロンに対して、シュヴァリエはしれっと言い放った。

「皇帝に即位したものは、初めて口付けを交わした者しか妻にできないと。断られたら俺は一生独身だと言った」

「は!?　あの時耳元で囁いていたのって、そのことだったんですか？　その決まりって確か、大昔に無くなりましたよね？　シュヴァリエ様知ってますよね!?　なんでそんなことをわざわざ言うんですか！　普通にずっと好きだったから貴女以外じゃ嫌なんだって伝えれば良いじゃないですか！」

「そう伝えようかとも思ったんだがな――」

既にダッサムの婚約者だったヴァイオレットに外交で会ったのは、もうかれこれ五年前になるだろうか。

陰では必死に努力し、薬師としても優秀だというのに偉ぶらず、次期王太子妃候補としての使命を必死に全うしようとするヴァイオレット。

そんな彼女に興味を持ち、頻繁に目で追うようになれば、今までは見えていなかったヴァイオレットが見えてきた。

ダッサムに強い言葉を吐かれた後、ほんの少し悲しそうに眉尻を下げる彼女の姿。新しい薬草が見つかったと話した時の、隠しきれていないワクワクとした表情。

王太子妃候補として凛としている姿にも惹かれたが、ときおり見せる弱い部分や、薬草や薬のこととなるとキラキラとした目をする可愛らしいヴァイオレットに、シュヴァリエは心を奪われた。

好きだと自覚するのには、それ程時間はかからなかったと記憶している。

「ヴァイオレット嬢は、なにも悪くないのに婚約破棄をされて、この国の王太子妃としての未来を奪われた。今まで必死に努力し続けてきたのにだ。きっと傷付いているだろう。それに、もしかしたら、あんなクソ男へも、多少の情はあったかもしれない。それならなおさら深く傷付いているかもしれないだろう？　そんな状態の彼女に俺が愛を囁いたって、負担になるだけだと考えたんだ」

「……シュヴァリエ様」

「だが、やっと誰のものでも無くなったヴァイオレット嬢を、俺は手に入れたかった。彼女を幸せにするのは俺でありたいと強く思った」

他国の王太子の婚約者を好きになったって、その恋は叶うはずがない。

だから、何度も諦めようと思った。何度も、この思いは捨てようと思った。

けれど、捨てるどころか、外交の際や、パーティーなどでヴァイオレットと会うたびに、好きだという気持ちは募っていった。そんなヴァイオレットがようやく、自身の妻になってくれるかもしれない機会が訪れたのだ。

シュヴァリエは、どんな手を使ってもヴァイオレットを自身の妻にしたいと願った。

「だから、ヴァイオレット嬢には、貴女しか妻にできないと伝えた。そうすればヴァイオレット嬢の性格からして絶対求婚を受けてくれるだろう。それに、この結婚は政略的なものだと思えば、俺の愛が負担になることはないだろうから」

「それなら、今後は伝えないおつもりなのですか？　シュヴァリエ様が、ヴァイオレット様のことを深く愛していることを」

「ヴァイオレット嬢の傷が癒えたら直ぐに伝えるさ。俺がどれだけ彼女のことを愛しているか。なにがあっても一生離してやる気はないということも。だが、それまでは、彼女に好きになってもらえるよう、できる限りのことはする。この機会、絶対に逃してたまるか」

そう言ったシュヴァリエの瞳は、ヴァイオレットを騙している罪悪感からか、少しだけ切なさが滲む。

けれど、その碧い瞳の奥には、切なさを簡単に凌駕するほどの熱情がある。そのことに気付いているロンは、ハァと溜息を吐いて、ぽつりと呟いた。

「私としては、さっさと本当の思いを伝えたほうがヴァイオレット様にとっても、シュヴァリエ様にとっても良いと思いますがね」

「ん？　なにか言ったか？」

「いいえ、なんでもございませんよ」

「……？　そうか」

ロンの言葉に納得したシュヴァリエは直後、自身の唇に指を這わせた。

「ヴァイオレット嬢……俺は早く、貴女に愛していると伝えたい」

医療行為の一環だとしても、しっかり触れたヴァイオレットの唇の温度や柔らかさを思い出し、シュヴァリエは愛おしそうにそう呟いた。

第二章 ★ リーガル帝国に行く前に

——色々なことがあった舞踏会から早二日。ダンズライト公爵邸の自室で、ヴァイオレットはちらりと窓の外を見た。

春の嵐が吹いており、木々が激しく揺れている。それは、二日前に自身の身に起こった激動の時間を思い出させた。

「さて、そろそろ時間ね……」

淡いミントグリーンのドレスに身を包み、普段は下ろしている髪を結い上げたヴァイオレット。彼女は身支度を終えると同時に、自室からメイドたちを下がらせた。

何故なら、あともう少しで公爵邸に訪れるだろうシュヴァリエに会う前に、頭の中を整理したかったからである。

「今日はシュヴァリエ皇帝陛下から、私の家族へ結婚の挨拶をしていただくのよね。……結婚を反対されないかしら……。皆、家族のこととなると心配症だから、少し不安だわ」

というのも、話は少し遡る。

二日前の舞踏会が終わりを迎えた頃。ヴァイオレットはシュヴァリエに誘われて、今後のことについて話をした。

その時に、二日後の今日、ヴァイオレットの家族に挨拶に行くという話になったのだが、懸念が一つあったため、念入りに話し合ったのだ。

その懸念というのが、皇帝――シュヴァリエの配偶者選定の事情について、ヴァイオレットの家族に話すかどうか、ということである。

（配偶者の選定に何故そんな決まりがあるかは疑問だけれど、もはやそのことについて深く考えても致し方ないわね）

決まりとは、得てして理解しがたいものが多いのだから。

そして、ヴァイオレットはシュヴァリエに、この結婚には特殊な事情があることについて、家族にだけは話したいと進言した。

配偶者選定の決まりについては極秘事項らしく、リーガル帝国でこの決まりを知っている者はごく少数らしいのだが、家族にだけは伝えておきたかったのだ。もちろん、このせいでシュヴァリエの印象が悪くなるのはヴァイオレットの望むところではない。

だから、事情についてはヴァイオレットも納得していることや、このままハイアール王国にいても、傷物の自分ではろくな結婚はできないだろうからと説得すれば良いからと付け加えた。それに、家族ならばヴァイオレットの立場が悪くなるようなことを言いふらす心配もない。

そのことをシュヴァリエに話せば、彼は了承してくれた。

ただ、配偶者選定の事情については、挨拶に行った際に自分から話すからとも言われ、ヴァイオレットは了承した。

「シュヴァリエ皇帝陛下から話を聞いて、家族が落ち込まなければ良いけれど……」

自分のことを愛してくれている家族が落ち込む姿を見るのは心が痛む。

だが、ずっと騙すのもまた心が痛む。愛する家族ならば理解してくれるだろうとヴァイオレットは信じることにした。

（うん、きっと大丈夫よね……）

ヴァイオレットはほんの少し憂鬱な気持ちを抱えながらも、シュヴァリエが到着したという知らせに、エントランスへと向かったのだった。

「ようこそいらっしゃいました、シュヴァリエ皇帝陛下。ご足労いただき、まことにありがとうございます」

ヴァイオレットとその家族たちは、エントランスで従者と共に現れたシュヴァリエを出迎えた。

まず挨拶をしたのは、顎にひげを生やし、凛々しい顔つきだが家族には優しい父だ。

その後ろには、ヴァイオレットと同じ蜂蜜色の、ややウェーブがかった長髪で、柔らかな顔つきの母。その隣には、母似の柔らかな顔立ちで、シュヴァリエよりも一回り小柄な弟のエリック。

そんな家族とヴァイオレットが頭を下げれば、シュヴァリエもすぐさま頭を下げ、穏やかな声色で挨拶を返した。

「出迎えありがとうございます、ダンズライト公爵に、公爵夫人、そしてエリック殿。この度はご挨拶の時間をいただき、感謝いたします」

頭を上げたシュヴァリエは、斜め後ろに控える自身の従者に視線を移す。

すると、そんなシュヴァリエに気が付いた従者は、左手を胸の辺りにやって頭を下げた。

「従者のロン・ゲルハルトと申します。以後お見知りおきを」

「改めまして、ヴァイオレット・ダンズライトと申します。よろしくお願いしますね」

ヴァイオレットとロンが挨拶を済ませれば、シュヴァリエは、ヴァイオレットに視線を戻す。そして、ゆっくりとした動きで彼女の手を優しく掴んだ。

「ヴァイオレット嬢も、出迎えありがとう。……この二日間、早く会いたくて、ずっと貴女のことを考えていた」

「……っ」

甘い言葉に次いで、手の甲にキスを落とされたヴァイオレット。

更にシュヴァリエにジッと見つめられれば、彼の瞳が熱を帯びていることに気付いてしまい、酷く恥ずかしくなった。

（なっ、なんでそんな目で見つめるのですか……）

ヴァイオレットは公爵令嬢として、数々の社交の場に参加してきた。数多の貴族男性に挨拶——手の甲にキスをされてきているし、それにドキリとしたなんてこと、今までなかったはずなのに。

（シュヴァリエ様の瞳を見ていると、本当に私のことを好いてくれているみたいに見えて、恥ずかしい……っ）

妃教育に薬師としての仕事。ダッサムからは愛の言葉を一つも囁かれたことはなく、どころか恋愛のムードにもなったことがなかったヴァイオレットは、恋愛ごとに対して耐性が低い。

ヴァイオレットは逃げるように、そっと彼から視線を逸らした。

「ヴァイオレット、仲睦まじいところを邪魔してすまないが、まずはシュヴァリエ皇帝陛下を応接間にお通ししよう」

「……⁉」

いつもはきりりとした表情を気まずそうに変えた父が、こちらを見つめてそう言う。

同時にふふっと嬉しそうに頬を綻ばせる母、ニヤニヤしている弟のエリックが視界に入ったヴァイオレットは、顔を真っ赤にして驚いた。

家族に自身が恥ずかしがっているところを見られたのと、シュヴァリエのことで頭が一杯になっていたせいで、ここに家族がいることを一瞬忘れてしまっていたからである。

（今までなら一言挨拶をしたら直ぐにお部屋に通すなんて、当たり前にできたのに……）

それほど、シュヴァリエという男から向けられる瞳や言葉に動揺したということなのか。

（……なんにせよ、先ずはお部屋にお通しして、詳しい話はそれからよね）

ヴァイオレットは小さく深呼吸をして自分を落ち着かせると、シュヴァリエに対してニコリと上品に微笑み、応接間へと案内した。

応接間に着くと、シュヴァリエとヴァイオレットがソファーに横並びに座る。

ローテーブルを挟んだ向かい側にあるソファーに母、父、エリックの順に腰を下ろせば、結婚の挨拶は、穏やかな空気のもと始まった。

まずは両親と弟のエリックが挨拶し、シュヴァリエも改めて挨拶する。

それから、舞踏会での大まかな出来事を、事前にヴァイオレットから聞かされていた両親は、シュヴァリエに対して深く頭を下げ、感謝の意を表した。

「……ダッサム殿下の愚行に怒り、ヴァイオレットを庇ってくれたこと、心から感謝いたします」

「私からも、感謝申し上げます」

「……いえ、私は感謝されるようなことはなにも。今までヴァイオレット嬢が次期王太子妃候補として、一人の女性として気丈に振る舞う姿を、会うたびに何度も見てきました。

だから、彼女が後ろ指を指されるようなことはないと確信を持っていただけですよ」

真剣さと穏やかさを含ませた表情で言うシュヴァリエに、父は感服し、母とエリックは顔を見合わせてニヤニヤしている。

「お姉様、とっても愛されておいでですね！」

「……っ、エリック、やめなさい、もう……！」

エリックがヴァイオレットの方を向いてそんなことを言うものだから、ヴァイオレットはたじろいだ。

エリックの言葉に過剰に反応してしまうのは、自身でもシュヴァリエに愛されているのでは？　と勘違いしそうになるからだった。

シュヴァリエは横に座るヴァイオレットに一瞥をくれ、ふっと優しい笑みを浮かべてから再び話し始める。

「それに舞踏会では魔力酔いを起こした私を、ヴァイオレット嬢が必死になって救ってくれました。彼女は私の命の恩人であり、人々を照らす太陽のような存在です」

「……っ、い、言い過ぎですわ、シュヴァリエ皇帝陛下……！」

「そんなことはない。ヴァイオレット嬢、貴女はこの世で最も素敵な女性だよ」

「……っ」

ご冗談を、おほほ～なんて返しができないほど、シュヴァリエの声色は真剣みを帯びている。

ヴァイオレットは、恥ずかしさとある疑念で頭がいっぱいだった。

(これから配偶者選定の話もしなければいけないのに、こんなに家族を期待させるようなことを言って、どうするおつもりですか……!)

そんなヴァイオレットの内心をよそに、シュヴァリエは姿勢を正すと、両親の方に向き直る。

そして、先程とは違ったきりりとした空気を纏わせてから、求婚の言葉を口にした。

「公爵、そして公爵夫人。……ヴァイオレット嬢のことは、私が必ず幸せにします。ですから、彼女を私の妻に迎えることを、お許しくださいませんか」

まるでお手本のような求婚に、父はもちろんだというように頷き、母は涙目になって喜んでいた。弟のエリックも、シュヴァリエならば姉を任せられると嬉しそうだ。

(そう、よね。喜ぶわよね。でも、ごめんなさい……)

――だが、ヴァイオレットはこの後の展開を予想できるため、眉に悲しみを浮かべた。

父は顔に出さずとも、内心では怒るだろうか。母は悲しんで、体が弱いのにより体調を崩してしまわないだろうか。エリックは残念そうに俯くだろうか。

(……私は家族が大切だから、大好きだから、ずっと騙したままなんて嫌なの)

ヴァイオレットが胸を痛める中、シュヴァリエは彼女の両親と弟のエリックに対して、深く頭を下げた。

「結婚を承諾してくださり、ありがとうございます」

「頭を上げてください。私たち家族としても、シュヴァリエ皇帝陛下のようなお方ならヴァイオレットを任せられます。それに、既にお耳に入っているかもしれませんが、ダッサム殿下との婚約解消の手続きについては、昨日帰国されたハイアール国王陛下が無事受理したそうなので、そのことについても問題ありません」

そんなヴァイオレットの父の言葉に、シュヴァリエは顔を上げて、小さく息を吸う。

「……しかし、一つだけ話しておかなければいけないことがあるのです」

ヴァイオレットは体にぐっと力を入れ、ドレスの生地をギュッと握り締める。続いて、シュヴァリエの話に耳を傾けた。

「実は――」

――しかし、直後のことだった。

ゆっくり立ち上がったシュヴァリエがヴァイオレットの背後に回り、突然後ろから彼女の両耳をしっかりと塞いだのだ。

（えっ、なんで……？）

驚きのあまりヴァイオレットは身体を大きくビクつかせて、目を見開いた。

「あのっ、シュヴァリエ皇帝陛下、なにを……っ」

耳を塞がれているせいだろう。自身の声が少し反響しているように聞こえて、違和感を覚える。

その違和感を取り払いたい。そして、シュヴァリエの行為の理由が知りたい。そう思ったヴァイオレットはやめてほしいと伝えるために、振り向こうとするのだが、びくともしなかった。

（なっ、なんて強い力……！　動けないわ……！）

シュヴァリエは現在皇帝だが、皇太子だった頃は軍に所属していた時もあり、剣術は鋭く、腕っぷしはかなり強いという話をヴァイオレットは聞いたことがあった。

確かに、服の上からでも分かるくらいには鍛えられた肉体をしているし、首筋や手を見るだけでも、余計な脂肪がほとんどついていないことが分かる。

耳に触れる彼の手のひらが少し硬いのも、剣術の鍛錬によるものなのだろうか。

そんなシュヴァリエに側頭部を押さえるようにして耳を塞がれたのだ。

体力には自信があったが、一般的な令嬢と大差ない力しか持たないヴァイオレットに、彼の力に抗う術はなかった。

ヴァイオレットは、周りの声が遮断された状態で前を見ることしかできないので、対面に座る両親と弟を観察する。そうして、少しでも事態を把握しようとしたのだけれど、目の前の光景に上擦った声を漏らした。

「えっ……？」

みるみるうちに目をキラキラとさせる両親とエリック。

いつも頼りになる父は見たことがないくらいにニヤニヤした表情をしており、母は体が弱いことを忘れたのかというくらいに興奮し、熱る頬をバッサバサと扇子で扇いでいる。

エリックといえば、ヴァイオレットを見ながらウインクしてなにかを言っているようだ。

ヴァイオレットは、エリックの口の動きから、なにを言っているのかを読み取ることができた。

（ん……？　〝良かったね〟？　なにが？　……なんで？）

おそらく今シュヴァリエは、ヴァイオレットが彼の妻になるその理由を話しているはず。だというのに、家族の反応といえば悲しむどころか、明らかに喜んでいるように見え、ヴァイオレットは意味が分からないと言いたげに、僅かに眉を歪めた。

（シュヴァリエ皇帝陛下は、どのように説明していますの？　まさか都合のいい嘘を？

……いえ、それはないわね）

一瞬、シュヴァリエに対して疑いを持ったヴァイオレットだったけれど、そんなはずはないと結論を出した。

（だってシュヴァリエ皇帝陛下は私の立場を慮って、パーティーでは大勢の前で求婚してくださった。それに、今までの私の姿を見て、マナカ様に嫌がらせなどするはずがない

と庇ってくださったんだもの）

シュヴァリエは人のことを思いやれて、優しい人間だ。

加えてヴァイオレットは、今まで社交界で会った際に、彼の真面目さや誠実さも目にしている。

そんなシュヴァリエが、ヴァイオレットの家族に嘘を言うなんて考えられなかった。

（とはいえ、家族の反応は未だに疑問だけれど……）

懸念はあるものの、シュヴァリエを信じよう。ヴァイオレットはそう胸に決めて、シュヴァリエが両耳から手を離してくれるのを大人しく待った。

それからヴァイオレットの体感で三分ほど経った頃だろうか。

両耳から手を離したシュヴァリエが「突然すまなかった」と言って、再び隣の席に腰を下ろした。

ヴァイオレットは「大丈夫ですわ」と答えて彼と家族の様子を交互に見た。

すると、先程よりも砕けた様子で会話するシュヴァリエと家族たち。

身内になるのだから仲が良くなるのはとても良いことなのだが、ヴァイオレットの中で、疑念ではなく好奇心が沸々と湧いてくる。

（シュヴァリエ皇帝陛下のことは信じてはいますけれど……やはり気になるものは気になるわね。私の耳を塞いでいる最中、皇帝陛下はどのように仰ったのでしょう。……少し聞

いてみようかしら）

そうしてヴァイオレットは、シュヴァリエに問いかけた。

「シュヴァリエ皇帝陛下、先程は両親やエリックと、どのような話をされていたのですか？」

ヴァイオレットの問いに、シュヴァリエは一瞬顎に手をやって考える素振りを見せると、ふっと笑みを浮かべた。

そんなシュヴァリエに、ついヴァイオレットは見惚れてしまう。

（前から思っていたけれど、シュヴァリエ皇帝陛下って整った顔をしていらっしゃるわよね。格好良い……）

漆黒のやや長い前髪から覗く、きりりとした碧の瞳。鼻筋は通り、口はやや大きめだろうか。しっかりとした顎のラインに、太い首、肩幅もしっかりとあって、身長なんてヴァイオレットと比べたら頭一つ分どころの差ではない。

手には血管が浮き出ていて、爪は整えられており、清潔感がある。

ヴァイオレットがシュヴァリエに見惚れていると、彼の手が自身の耳にそっと伸びてくる。突然のことに驚いたヴァイオレットは瞠目した。

どうやら、横髪を耳にかけてくれているらしい。

「私が触れたせいで髪の毛が乱れてしまっていたようだ。すまないな、ヴァイオレット嬢

──いや、あと一年も経たぬうちに夫婦になるのだから、ヴァイオレット、と呼んでも？」

「は、はい。それはもちろん構いませんが……」

「良かった。私のことはシュヴァリエと呼んでくれ」

シュヴァリエの要求に、ヴァイオレットは彼を名前で呼んでも良いものか一瞬悩んだ。

「……しかし、婚姻を結ぶまでは私はハイアール王国の人間です。皇帝陛下のことを名前でお呼びするのは、失礼に当たるかと存じます」

「貴女のそういう真面目なところは素晴らしいと思うが……どうか今回は私の我が儘を聞き入れてもらえないだろうか？　ヴァイオレットには、名前で呼ばれたいんだ」

頬を薄っすらと桃色に染めて、懇願するような目でそう言うシュヴァリエ。

そんな彼を前に、ヴァイオレットは自分の考えを貫くことなどできなかった。

「では、その……シュ、シュヴァリエ様……？」

動揺しながらも、彼から促されるようにそう呼ぶと、シュヴァリエはややあどけない笑顔を見せた。

「……ああ。ヴァイオレットにそう呼ばれると、嬉しくて顔がニヤけてしまうな」

「……っ」

あんまりにも幸せそうな声色でシュヴァリエがそう言うものだから、ヴァイオレットはくすぐったい気持ちになる。

質問に答えてもらっていないことを指摘することも忘れて、ヴァイオレットは彼につられて赤くなった頬を隠すように、そっと俯いた。

それからは、ヴァイオレットとシュヴァリエが結婚するにあたっての書類関係の話や、いつ帝国へと嫁ぐかなどを話し合った。

その時間が三十分ほど経った頃だろうか。

母が「ねえ貴方」と、隣の父に話しかける。

「もう大方の話し合いは終わったでしょう？　そろそろ二人きりにしてあげたほうが良くないかしら？　その方が話しやすいこともあると思うのよ」

「確かに……そうだな。シュヴァリエ皇帝陛下はいかがです？」

父の問いかけに、シュヴァリエは若干前のめりになって答えた。

「自国への連絡や帰国の準備で、ヴァイオレットに次に会えるのがこの国を発つ日かもしれません。ですから、話す時間をいただけると大変嬉しいです」

その返答の直後、父に視線を向けられたヴァイオレットは、顔をシュヴァリエの方に向けて、窺うように言った。

「あの、私も一点、どうしてもお話ししたいことがあります。ですから、シュヴァリエ様さえ良ければお時間をいただきたいです」

「ああ、もちろん。ヴァイオレットの話を沢山聞かせてほしい」

その時、エリックはなにかを思い出したように「あ」と呟いて、両手の手のひらを合わせる。

「お姉様、それなら、庭園を散歩しながらお話しするのはどうですか？　ちょうどラナンキュラスが満開ですよ」

「！　確かにそうね」

（せっかく屋敷まで来てもらったのだから、是非見ていただきたいわ。それに、ずっと室内にいては息が詰まってしまうかもしれないものね）

ヴァイオレットは窓の外の木々を確かめた。

シュヴァリエが来るまでは強い風が吹いていたのだけれど、木々の揺れがあまりないことから、どうやら今は風が落ち着いているらしい。

ヴァイオレットは、シュヴァリエに顔を向けた。

「シュヴァリエ様、良ければ庭園に出て歩きながらお話ししませんか？」

「ああ、是非」

それから、日差しも程よくぽかぽかとした陽気の中、応接間から庭園へとやって来たヴァイオレットたちは、ゆったりとした足取りで歩いていた。

辺りを見回せば、エリックが勧めていたラナンキュラスの他に、様々な色のチューリップやマーガレットが咲き誇る。

何度も見たことがある景色だというのに、シュヴァリエと腕を組んで歩いているからか、ヴァイオレットにはいつもより新鮮に映った。

「シュヴァリエ様、我が家の庭園はいかがですか？」

「とても美しいな。手入れが行き届いている」

「ありがとうございます。庭師に伝えたらきっと喜ぶと思います」

軽く風が吹くたびに花の香りが鼻を掠める。うっとりとしそうになったヴァイオレットだったが、伝えたいことがあるのだからと彼に話題を切り出した。

「先程も言ったのですが、お話ししたいことがあります」

「ああ、なんでも言ってくれ。お互いにまだ知らないことが多いから、俺は少しでも貴女のことが知りたい」

「……っ」

なんて優しい人なのだろう。こんな言葉を掛けられたら頬が緩んでしまう。

(いけないわ……今からお願いをするんだもの。しっかりしなくては)

ヴァイオレットは表情を落ち着かせると、彼から腕を解いて向かい合わせになる。

そして、「一つお願いがありまして」と話し始めた。

「リーガル帝国に嫁ぐ際、薬の調合をするための道具を持って行ってもよろしいでしょうか？」

「構わないが、なにかしたいことがあるのか？」

問いかけを返され、ヴァイオレットはもちろんですと頷く。

「リーガル帝国でも、薬師としてできることをしたいのです。周りの方が風邪を引いたり、怪我をしたりした時に、お役に立てるかもと思い……。王妃としての公務や社交には影響が出ないよう努めますので、お許しいただけませんか？」

これが、ヴァイオレットがどうしても伝えたいことだった。

大好きな薬師という仕事を続けて、誰かの役に立ちたかったから。

強い意志が感じられる、真っ直ぐなヴァイオレットの瞳。シュヴァリエはそんな彼女に、穏やかそうに笑ってみせた。

「先程の質問だが、もちろん構わない」

「……！　ありがとうございます、シュヴァリエ様」

「お礼を言われるようなことではないよ。ヴァイオレットが薬師の仕事が大好きなことは知っていたつもりだったが、こうやって話してくれたことが嬉しい。ありがとう、ヴァイオレット」

シュヴァリエの優しさに、またもやヴァイオレットは胸が熱くなる。

（このお方は本当に、どこまで優しいのでしょう……）

　そんなことを思っていると、シュヴァリエは「もう少し歩こうか」と自身の肘に視線を寄せる。

　腕を回してくれ、という意味なのだろうと、ヴァイオレットはシュヴァリエと腕を組むと、庭園に来た時よりも晴れ晴れとした気分で散歩を再開した。

　それから二人は、好きな食べ物や、休日にはどんなふうに過ごすのかなど、たわいもない話をした。

　その最中、シュヴァリエはよほど機嫌が良いのか、話の最中に何度も「ヴァイオレット」と名を呼んだ。愛おしそうにこちらを向くシュヴァリエに、ヴァイオレットは戸惑いを隠せなかった。

（……でも、眉間に皺を寄せて、高圧的に呼ばれるよりもよっぽど良いわ）

　元婚約者ダッサムのことをほんの少しだけ思い出したヴァイオレットは、今はもうただの他人なのだからと、彼のことは頭から消し去る。

　きっとリーガル帝国に嫁げば、ダッサムのことなんて思い出すこともなくなるだろうと、そう思っていたというのに。

「おいヴァイオレット！　貴様……良いご身分だな！」

　リーガル帝国に発つ日。まさかダッサムが公爵邸に押しかけてくるだなんて——。

あの舞踏会から二週間後。ついに訪れた、リーガル帝国に発つ日の朝のこと。

ヴァイオレットは事前にシュヴァリエから贈られたドレスに身を包み、忘れ物はないか、家族に伝え忘れたことはないかなど、頭を働かせていた。

「うん、大丈夫かしら」

王城で世話になった人たちや、嫁いでからも関わりそうな貴族たちには、既に挨拶を済ませた。

王太子妃候補だった頃はダッサムの公務を手伝って――いや、ほとんど請け負っていたため、無いと困るだろうと作成した申し送り事項書も提出済みだ。

それがダッサムの手元に届いたという連絡が入ったのは昨日のことだった。

連絡が入った、というのは、ヴァイオレットは申し送り事項書を作成しただけで、本人自ら届けた訳では無いからである。

「わざわざダッサム殿下たちには会いたくなかったとはいえ、謹慎処分になっていたのだから仕方がないわよね。……いえ、全く会いたくはないんだけれど」

――実は、ヴァイオレットが婚約破棄され、シュヴァリエが魔力酔いを起こした舞踏会の次の日。

他国へ外交に行っていた国王と妃が帰国し、そのタイミングを見計らって、シュヴァリエは二人に会いに行ったらしい。

そして、舞踏会での出来事——魔力酔いのことや、ヴァイオレットへの公の場での婚約破棄について、静かに怒りながら説明したようなのだ。

因みに、次の日にはヴァイオレットの父、ダンズライト公爵も王城に向かい、シュヴァリエ同様、どこか棘を感じる淡々とした口調で詰めたらしい。

絶対に敵に回したくない二人に責め立てられ、国王と妃はその二日間で、げっそりと痩せてしまったとかいないとか。

(でも結局、国王陛下と妃殿下は、私とダッサム殿下の婚約解消の手続きを直ぐに行ってくれたのよね)

ダッサムとの婚約解消にあたり、唯一懸念だったのが、国王たちが婚約解消を認めてくれるか、ということであった。

二人はダッサムの性格や不出来さは知りつつも、それを補って余りあるほど優秀なヴァイオレットに、ハイアール国の未来を託しているところがあったからだ。

そのため、国王と妃は今までもダッサムに「ヴァイオレットを大切にしろ」と、諭していた。

(まあ、国王両陛下のお言葉は、殿下には届かなかったのだけれど)

　そんな過去があるため、もしかしたら婚約解消には手間取るかもしれないと思っていたヴァイオレットだったが、シュヴァリエと父のおかげで話はスムーズに進み、先日正式にヴァイオレットとダッサムの婚約は解消されたのだ。

（とはいえ……私への婚約破棄と、シュヴァリエ様の命を脅かしたことは別の話だわ。良く両陛下はそんなに簡単に婚約解消を認めてくださったわね）

　息子が友好国の皇帝が死ぬかもしれないような指示を出したとなれば、国王たちはなにに対してもイエスマンにならざるを得なかったのかもしれないが。

　ヴァイオレットはそう考えて、一旦疑問を頭の端に追いやる。

　そしてその後、父から聞いた話では、ダッサムとマナカは国王から謹慎処分を言い渡されたらしい。

　父は期限までは知らないようだが、どうやら二人は王城内の別々の離れの塔で、監視のもと部屋で軟禁状態にあるようだ。

（意図的にではないにせよ、シュヴァリエ様のお命を危険に晒したんだもの。私へのことは抜きにしても、それ相応の罰は必要よね）

　とはいえ、この罰は皇族への殺人未遂としてはかなり軽いものだ。

　おそらく、シュヴァリエに殺意を持って意図的に聖女の力を使うよう言ったわけではないからだろう。これに関しては、ダッサムもマナカも全く勉強をしていなかったことを皆が知っているため、疑われることはなかったらしい。

　それと、結果的にシュヴァリエが無事だったことや、ダッサムが王太子という立場であること、マナカが聖女であることから、処罰が軽くなったのかもしれない。

（この件は私が口を出すところではないから、シュヴァリエ様がご納得されているなら構わないのだけれど）

　加えて、これも父から伝え聞いた話だが、此度の婚約解消に、ヴァイオレットに落ち度は一切ないと国王が宣言したらしいのだ。

　王城内で住まう者たちから証言を得て、ダッサムが言うようなイジメのような行為を、ヴァイオレットがマナカにしていないことが証明された。

　それは、心に靄を抱えながらシュヴァリエのもとに嫁ごうとしているヴァイオレットにとっては、吉報であった。

（少なくともこれで、リーガル帝国の皆様から白い目で見られる機会は減るでしょう）

　ホッと胸を撫で下ろすと、ヴァイオレットは生まれてからずっと世話になった自身の部屋を見渡し、深く頭を下げる。

「二十年、お世話になりました」

　少しだけ寂しさを覚えながらも、スッキリとした面持ちで自室を出て、家族とエントランスに向かった。

すると、大勢の使用人たちに迎えられる。

使用人を代表して、統括執事に「ヴァイオレット様、今まで王太子殿下の婚約者としてのお勤め、お疲れ様でございました。帝国では、身体に気をつけながら、どうか皇帝陛下と幸せになってくださいませ」と言われたヴァイオレットは、泣きそうになった。

「今日……ヴァイオレットが……嫁に行くのだな……」

今度は父にギュッと抱き締められたヴァイオレットは、そっと父の背中に手を回す。

「お父様……」

「そうですねぇ」とどこか寂しそうに相槌を打つ母も抱擁に加わると、「たまには帰ってこられるの？」と聞いてくるエリックもまた、抱擁に加わった。

家族全員に抱きしめられて、ヴァイオレットは喩えがたい幸福感に駆られた。

（ああ、私は、本当に家族に恵まれたわね）

元婚約者は酷い男で嫌な思いを沢山したけれど、ここまで頑張ってこられたのは間違いなく家族のおかげだろう。

「シュヴァリエ様はお優しい方ですから、公務が忙しくない時は里帰りをさせてくださるはずです。だからどうか皆、そんなに悲しい顔をしないでください。一生の別れではありませんから」

そう伝えれば、洟をずずっと啜り、涙を堪えているエリック。

そのタイミングで全員が抱擁を解くと、父が口を開いた。

「ずっと……殿下の婚約者として苦しんでいるお前を見てきた。どうにかしてやれない自分が歯痒くて仕方がなかったが――シュヴァリエ皇帝陛下なら、大切なヴァイオレットを任せられる。……幸せになりなさい」

「お父様……。はい……！」

次に、やはり我慢ならなかったのか、泣きじゃくるエリックが口を開いた。

「お姉様がいなくなるのは寂しいけれど、次期公爵として頑張るから……！　だから、お姉様は絶対、絶対幸せになるんだよ……！」

「エリック……ええ、ええ」

今度は、母がハンカチでそっと涙を拭ってから、ヴァイオレットに声を掛けた。

「いつも私の身体を気遣って、薬を調合してくれた、優しい優しいヴァイオレット。頼りない母だったけれど、貴女が紹介してくれた新しい薬師の方の言うことを聞いて、きちんと薬を飲んで、元気に過ごすから。……だからどうか……母のことは心配せずに、自分の体を気遣ってね。そして、誰よりも幸せになるのよ。母との、約束です」

「お母様……っ、はい、約束です」

目に涙を一杯に溜めて、再びヴァイオレットは家族たちとギュッと抱きしめ合う。

そして、外から聞こえる馬車の音を聞いて、シュヴァリエが来たことに気付いたヴァイオレットは、家族との抱擁を解くと、深く頭を下げた。

「お父様、お母様、エリック……屋敷の皆も……今まで、本当にお世話になりました。……大好きよ！」

満面の笑みでそう伝えれば、ヴァイオレットにつられるように全員がくしゃりと笑って見せる。

そうして、今度はシュヴァリエを出迎えようと、背後にある扉の方に振り向いたというのに。

──ガチャッ！

「えっ……どう、して」

開いた扉から見えるのは、警備の兵がザワつく姿。その先に見える、見慣れたプラチナブロンドに濁りきったグレーの瞳。

「おいヴァイオレット！　貴様……良いご身分だな！」

何度も何度も耳にした、聞き心地の悪い声。

「ダッサム殿下が……何故今こちらに」

感動から一転、ヴァイオレットは一番会いたくない人物を目の前にして、口をきゅっと結んだ。

（謹慎中のはずではなかったの？　謹慎が解けていたとしても、何故ここに……？）

いつにもまして睨みつけてくるダッサムは、奥歯を噛み締めながらヴァイオレットに近寄ってくる。

警備の兵はそんなダッサムを止めようとするのだが、それは意味をなさなかった。

「私の邪魔をしたものは王族の命により、処刑するぞ！」

「！　殿下なにを……っ！」

兵の一人が、驚きの声を上げる。そんなふうに権力を振りかざされれば、兵の動きに迷いが生じるのも当然だった。

ダッサムは「ふんっ」と鼻を鳴らすと、兵が尻込みをしている間にヴァイオレットにズカズカと近付いていく。

（今の殿下は、なんだか普通じゃない……っ、多分逃げなきゃいけないのに）

舞踏会の時でさえ、ここまで憎しみを込めた目を向けられていなかった。

ヴァイオレットはダッサムに対して恐怖し、足が竦んだのか一歩も動けずにいると、父が動いた。

「殿下！　お止まりください！　先触れもなく、一体なんの用事でいらしたのですか……！」

ダッサムの異変を察知した父は、急いでヴァイオレットを背中に隠すようにしてダッサムに立ちはだかると、そう問いかけた。

そんな父に続いてエリックもヴァイオレットを庇うように立つと、母はヴァイオレットの手を力強く握り締める。

家族たちの行動にヴァイオレットが少しだけ冷静さを取り戻すと、ダッサムが声を荒らげた。

「不敬だぞ！　ダンズライト公爵！　私はそこにいるヴァイオレットに用があるのだ！　わざわざ来てやったというのに、止まれとは何様だ貴様は!!」

「なんと言われようと……！　私は父として、このように興奮しきっている殿下を娘に近付けさせるわけにはまいりません!!」

「……っ、うるさい！　うるさいうるさい！　そこを退けぇ!!」

「なっ」

いくら王族とはいえ、限度がある。いや、民を統べる王族だからこそ、その振る舞いや行動には責任が伴う。

だというのに、ダッサムは自分の都合が通らなかっただけで、ヴァイオレットを守ろうとする公爵の肩を強く押して退かせると、直ぐ後ろにいたヴァイオレットに手を伸ばした。

「きゃぁ……！」

ヴァイオレットは恐怖でギュッと目を瞑る。

母はそんなヴァイオレットを守るように抱き締めた。

父は床に片膝を突き、エリックは驚きのあまり一歩も動けないでいた。

「ヴァイオレット!!　貴様のせいで——ぐおっ」

だというのに、ダッサムの手がヴァイオレットに届くことはなかった。

「——貴様、俺のヴァイオレットになにをしようとしている。……殺すぞ」

その場にいた全員の背筋が凍りそうになるほど低くて、ドスの利いた声のシュヴァリエが、ダッサムの襟を掴んだからだ。

「シュヴァリエ、様……っ」

恐怖で震える中に、どこか希望を含んだ声で、ヴァイオレットはシュヴァリエの名を呼ぶ。

すると、シュヴァリエは鋭い目つきから一転して、心配そうにヴァイオレットを見つめ返した。

「ヴァイオレット、来るのが遅くなってすまなかった。怪我はないか？」

「は、はい……シュヴァリエ様が来てくださいましたので……」

「……そうか。間に合って良かった。もしヴァイオレットになにかあったら、俺はこのまこいつの首をへし折らないといけなくなるところだった」

「えっ」

（シュヴァリエ様、とてつもなく恐ろしいことをさらっと言ったような？）

空気はまだ重たいのに、まるでお腹が空いた、くらいの感じでそんなことを言うものだから、そのちぐはぐさが余計に恐ろしい。

シュヴァリエと共に来ているロンが怯えている様子がないことから、わりとシュヴァリエには怖い一面があるのかもしれない。

そう感じたヴァイオレットは、次にダッサムに視線を向けた。

「うっ！　いぎがぁ……！　はなぜぇ！　はなして、くだざぁ……ぃ！」

恐怖で顔を真っ青にして、シュヴァリエの腕を掴むダッサム。かなり高身長のシュヴァリエに掴まれているため、体勢はやや反り腰となり、床には爪先しかついていない。

おそらく今のダッサムは息が少ししづらくて、喉の締め付けが痛いだけなのだろう。

だが、今までこんな目に遭ったこともないため、死を身近に感じているに違いない。

ダッサムの、シュヴァリエに対して懇願するような顔を目にし、声を耳にしたヴァイオレットは、シュヴァリエに視線を向けた。

「シュヴァリエ様……！　このままではダッサム殿下が死んでしまうやもしれません！　私は大丈夫ですから、彼から手を離してください……！」

「……。だが、こいつはさっきヴァイオレットに掴みかかろうとした。俺の——未来の妻にだ。その結果苦しんでも、自業自得じゃないのか」

「それでも……！　私は薬師でもあります！　わざわざ人が苦しむところは見たくありま

せん！　ですからシュヴァリエ様……っ」

ヴァイオレットは眉尻を下げて、縋るような声を吐き出した。

「お願い致します……シュヴァリエ様……っ」

「…………。分かった」

シュヴァリエは渋々とヴァイオレットの頼みを聞くと、ダッサムの襟を掴んでいた手をパッと離す。

すると、突然のことに驚いたのか、「うびょぇあ!?」という、聞くに耐えないような奇声を発したダッサムは、その場にドシンと尻餅をついた。

「ヴァイオレット……!!」

彼女の名を呼んだシュヴァリエは、ダッサムの存在を忘れたかのようにヴァイオレットに駆け寄る。

空気を読んでヴァイオレットから離れた彼女の母に会釈したシュヴァリエは、力一杯ヴァイオレットを抱き締めた。

「シュ、シュヴァリエ様……っ!?」

「ああ……心配した。本当に指一本触れられていないか？」

「え、ええ。大丈夫ですわ」

彼の大きな手で背中を優しく撫でられて、無意識に強張っていた体の緊張が解けていく。

ヴァイオレットはシュヴァリエの背中に腕を回すことはなかったけれど、その代わりに彼に身を預け、何度もありがとうございますと囁いた。

それから一切、腕を離す気がなさそうなシュヴァリエに、ヴァイオレットはさすがに恥ずかしくなって、「あの……」と声をかけると、それでようやく彼の腕が解かれた。

二人の間には隙間ができ、ヴァイオレットは紅潮した頬のままで彼の顔をじっと見つめる。

シュヴァリエはふっと頬を綻ばせた。

「顔が赤くなっているな。もしかして、俺が力一杯抱き締めたから、苦しかったのだろうか？」

「い、いえ、決してそういうわけではありませんから、ご心配には及びませんわ」

「そうか。それなら良いんだが……」

安堵したシュヴァリエは、今度はヴァイオレットの両親やエリックに大丈夫かと問いかける。家族が皆頷けば、遅くなって申し訳ありませんとシュヴァリエは謝罪をした。

ヴァイオレットの家族の無事も確認できれば、次はダッサムのことだ。

シュヴァリエはヴァイオレットたちに向けるのとは全く違う、刺すような目つきでダッサムを見下ろした。

「あっ、倒れましたわ……」

そう、呟いたヴァイオレットの視線の先にいるのは、尻餅をついていた姿勢から、背後にバタンと倒れたダッサムだった。よほど怖かったのだろう、口から泡を吹いている。

「……チッ、気絶しているのか。都合の良い奴め」

シュヴァリエはダッサムを見下ろしたまま、吐き捨てるようにそう呟いた。

（殿下……なんというか……本当に情けないわ……）

シュヴァリエがいるからなのか、先程までダッサムに抱いた恐怖は一切ない。

ヴァイオレットは倒れているダッサムに駆け寄って、彼の様子をじっと見つめた。

「ヴァイオレット、こんな奴は放っておけば……」

「ただの気絶ならば放置で構いませんが、一応……薬師ですので。薬が必要かどうかくらいは見ておかないと、と」

「……真面目で、本当に優しい女性だな、貴女は」

それからヴァイオレットは軽くダッサムの様子を観察し、彼に薬が必要ないことを確認する。

そして、シュヴァリエから「こんな奴から直ぐに離れろ」と腕を引かれて、彼の顔を見た。

（シュヴァリエ様……どうしてそんなお顔を……）

苦痛とも、嫌悪とも少し違う。複雑で、どこか不安混じりな表情。

シュヴァリエが何故そんな顔をしているのか、この時のヴァイオレットには分からなかった。

ヴァイオレットの父がダッサムのことは任せておいてくれというので、気絶したダッサムのことは父に任せることになった。

おそらく父が馬車にダッサムを乗せて、王宮へ送り返す——いや、突き返すのだろう。

(その後は、ダッサム殿下が先触れもなく我が家に来て、私に危害を加えようとしたことや、権力を振りかざしたことを、両陛下に報告するのでしょうね)

今後ダッサムがどうなるかは、おそらく父が文書を送ってくれることだろう。

ダッサムのことを任せて申し訳ないとは思いつつも、帝国へは三日の道のりがかかる。あまり時間の余裕がないこともあって、シュヴァリエはヴァイオレットの父に同意した。

そして、ヴァイオレットも彼に従うことにして、家族と再び別れの挨拶をしてからリーガル帝国へ向かうための馬車に乗り込んだ。

皇族が使う馬車は広くて、比較的揺れが少ない。とても快適に過ごせるはずなのに、出発から約五分後、ヴァイオレットは少しおろおろしていた。

というのも、向かい側に座るシュヴァリエの様子が、なんだかおかしいように思えたからだ。

(笑みは浮かべていらっしゃるけれど、なんだかいつもより表情が硬い気がするわ。会話も、どこか心ここにあらずというか……。それになにより……)

ヴァイオレットはシュヴァリエの顔から、彼の太ももの上にある手へと目を向けた。

(尋常じゃなく強い力で手を握り締めているように見えるわ……。先程のダッサム殿下の愚行に、未だに怒っていらっしゃるのかもしれないわね)

以前の舞踏会の時の対応からしても、シュヴァリエは正義感が強いように思う。だから、ダッサムのような愚行を平気で犯す人間に我慢ならないのかもしれない。

そう考えたヴァイオレットは、シュヴァリエに向かって「申し訳ありません」と謝意を示した。

すると、シュヴァリエは幼児のように目を丸くした。

「……？　ヴァイオレット、何故貴女が謝るんだ？」

「それは……シュヴァリエ様の様子がいつもとは違うように見えまして……。ダッサム殿下の愚かさに未だに怒りが収まらないのかと思った次第です。私の謝罪では心は晴れないかもしれませんが、あのお方の元婚約者として、今はまだハイアール王国の民として、謝らせてください」

深く頭を下げれば、すぐさま「頭を上げてくれ」とシュヴァリエに声を掛けられる。

指示に従えば、瞳に悲しみを宿したようなシュヴァリエがこちらを見ていた。

「違うんだ。俺は確かにあの男に対して怒りはあるが、態度が変だった理由はそうじゃない」

「そうなのですか？　では何故なのかお聞きしても？」

「それは――」

言いづらいのだろうか。パッと視線を逸らし、口をきゅっと横に結んだシュヴァリエ。そんな彼を見て、ヴァイオレットはもしかしたら、とある考えに思い至った。

(シュヴァリエ様は、私が想像していたよりも相当心配なさってくれたのかもしれないわ)

先程の騒動の時、シュヴァリエは今にも殴りかかってきそうなダッサムに怒り、ヴァイオレットの身の安全を心配していた。

ヴァイオレットが大丈夫だと伝えたことで、彼は安堵しているように見えたが、もしかしたらあの時の不安な感情が抜けていないのかもしれない。

(不思議な決まりのせいで妻になる私の身をそんなに案じてくださるなんて、なんて優しいお方なんでしょう)

ジーンと胸が熱くなるヴァイオレットは、僅かに緊張を解いて、「シュヴァリエ様」と彼の名を呼んだ。

「ご心配をおかけして、申し訳ありません……。それに、改めて、助けてくださってありがとうございます」

そう伝えると、シュヴァリエは僅かに表情を歪ませた。

「いや、俺は貴女に礼を言われる権利はないよ」

「…………。何故ですか？」

ヴァイオレットが問いかければ、シュヴァリエはなにかを思い出しているのか、視線を左側に泳がせる。

ヴァイオレットはシュヴァリエが口を開くのを大人しく待った。

「……そもそもあの男が謹慎で済むのは俺のせいなんだ」

「……！」

罪悪感を抱いているような声色で話し始めたシュヴァリエに、ヴァイオレットは目を見張った。

あらゆる状況や事情が相まって、ダッサムは謹慎処分に止まっていると判断していたのだが、シュヴァリエの発言から察するに、どうやら違うらしい。

「詳しくお聞きしてもよろしいですか？」

ヴァイオレットがそう問いかければ、シュヴァリエは重たい口を開いた。

「……ハイアール国王陛下にあの舞踏会での出来事を話した時、平謝りをされた。息子と聖女にはそれ相応の罰を与えるとな。だが、あの男とヴァイオレットの婚約だけは中々解消してくれなかった」

「……！」

「事を荒立てて強制的に婚約解消させる案も考えたが、それはやめた。ハイアール王国は貴女の家族が暮らす、大切な国だろうから。……だから、俺は交換条件を出したんだ」

伏し目気味に話すシュヴァリエに、ヴァイオレットは引き続き耳を傾ける。

「皇帝の名において、二人に対してこちらから罪には問わない、不問にすると。ダッサムやマナカにもしも罰を与えるならば、陛下の判断に任せると。──その代わり、速やかにダッサムとヴァイオレットの婚約を解消するように、と。そうしたら、やっと条件を呑んでくれた」

「……そう、だったのですね……」

簡単に婚約解消の手続きが済んだことは、おかしいと思っていた。

(けれど、まさか、シュヴァリエ様が交換条件を出していたなんて思わなかったわ。……シュヴァリエ様は私しか妻に娶れないことは分かってる。だから、どんなことをしても婚約を解消させたかったのでしょう……。でも)

「俺が一人で勝手にしたことで、ダッサムの罪は短期間の謹慎に止まり、結果としてヴァイオレットを怖がらせることになってしまった。本当にすまなかった」

こんなふうに、縋るような目で見つめられて謝られたら、都合の良い解釈をしてしまいそうになる。

（まるで、一日でも早くダッサム殿下から離れたい私のために、そのような条件を出したんじゃないかって）

——そう思ったら、胸がキュンと高鳴った。

けれど、これはただの想像に過ぎない。

ヴァイオレットは自身に冷静になりなさいと言い聞かせてから、口を開いた。

「シュヴァリエ様、謝らないでください。貴方様はなにも間違っておりません。非は全てダッサム殿下にあります。むしろ、守ってくださりありがとうございました」

「ヴァイオレット……」

その会話を最後に、ヴァイオレットは頬に笑みをたたえた。

——それから直ぐ。すっかり明るい雰囲気になった馬車内だったのだが、ヴァイオレットはシュヴァリエの手を見て慌てて声を上げた。

「そういえばシュヴァリエ様、先程かなり強く拳を握っているように見えましたが、大丈夫ですか？」

「ん？　ああ、ほら。このとおり問題ないよ」

そう言って手のひらを見せてくれるシュヴァリエ。

確かに大きな傷はないように見えるが、部分的に真っ赤になって、爪が食い込んでいる痕がある。おそらく多少の痛みはあるのだろう。

ヴァイオレットは自身の隣に置いておいた薬箱を開き、中を確認する。

馬車での移動の際に、ヴァイオレットは必ず薬箱を持ち運んでいる。以前の舞踏会でシュヴァリエに早い段階で魔力酔い止め薬を飲ませることができたのも、このおかげだ。

「シュヴァリエ様、皮膚の再生を促し、痛みも軽減させることができるお薬がちょうどあるので、塗ってもよろしいですか？」

「それは助かるが……」

それから、ヴァイオレットが薬箱から取り出したのは、円柱の形をしている、小さなガラスの入れ物に入った薬だ。その蓋を開け、ヴァイオレットはシュヴァリエが中身を見えるように傾けた。

そこには、緑色をした、クリーム状の薬が入っている。

シュヴァリエは前傾姿勢になって、その薬に顔を近付けた。

「色からして薬草の匂いがきついのかと思ったんだが、かなり近付かないと匂わないんだな」

「はい。この薬は顔に塗っても不快にならないように、できるだけ匂いを抑えて作っているのです。効果は保証しますから、ご安心ください」

「ヴァイオレットが作ったものは全て信用しているよ」

「あ、ありがとうございます」

そんな優しいことを言ってくれるシュヴァリエにお礼を言うと、ヴァイオレットは「手をお借りしても？」と彼に問いかける。

すると、シュヴァリエは「頼む」と言いながら、手のひらを上にして手を差し出してくれた。

人差し指で薬を掬ったヴァイオレットは、そんな彼の手のひらにずいと顔を近付けて、優しく薬を塗っていった。

（こうまじまじと見ると、やっぱり痛そうね。しっかりと塗らなくては）

ヴァイオレットは、シュヴァリエの手のひらに意識を集中する。

しかし、それから十秒ほど後のことだった。

ヴァイオレットがホッと息をついた時、目の前から尋常ではないほどに視線を感じた。

一体何事だろうかと顔を上げれば、約二十センチに満たない距離にあるシュヴァリエの顔に、ヴァイオレットは目を見開いた。

「な、なんで、そんなにじっと見つめて……」

冷たい印象にもとられるだろう彼の碧い瞳が、今は酷く情熱的に見える。その表情も瞳もまるで、自身のことを本当に好いてくれているのだと勘違いしそうだ。

（そんなはずは……ないのに）

己惚れてしまいそうになったことへの恥ずかしさもあり、ヴァイオレットの顔は赤く染まる。

　そんなヴァイオレットを見て、シュヴァリエは一瞬息を呑んだ。

「……っ、薬を塗ってくれてありがとう。それと、その、すまない。真剣なヴァイオレットがとても綺麗だったから、つい見惚れてしまったんだが……。恥ずかしがっている顔も、とても可愛いな」

「……なっ」

　密室で、二人きり。冗談とは思えない声色で、口説くような言葉を発するシュヴァリエ。あまりに恥ずかしいから言わないでほしいという思いと、擽ったいような、心地よいような、そんな混ざり合った感覚に、ヴァイオレットは頭の中がぐちゃぐちゃになって、上擦った声が漏れた。

「その、シュヴァリエ様こそ、とても格好いいと思いますわ……っ！　前々から、そう思っておりました……！」

「……！」

　瞠目して驚いているシュヴァリエを見て、ヴァイオレットは咄嗟に顔を伏せた。

（な、なにを口走っているの、私は……！）

　しかし、後悔しても遅い。失言ではないだろうが、シュヴァリエを困らせてしまったかもしれない。それなら謝らなければならないと、ヴァイオレットは勢いよく顔を上げた。

「えっ……」

するとそこには、片手で口元を覆い隠して、頬を真っ赤に染めるシュヴァリエの顔がある。明らかに照れているその表情に、ヴァイオレットの胸は早鐘を打った。

「今は顔を、見ないでくれ……。多分変な顔をしているから……」

「……っ」

至近距離で照れているシュヴァリエにつられて、ヴァイオレットの顔に再び熱が集まる。

その後、シュヴァリエとの距離は離れたものの、彼の甘い言葉や熱い瞳、照れた顔が、ヴァイオレットの頭から離れなかった。

第三章 ★ 新生活を始めます

――リーガル帝国。

ハイアール王国の約三倍の国土を持ち、水や鉱石など様々な資源に富んだ大帝国である。

武力に関しては、ハイアール王国の五倍どころではすまないほどの力を持っている。

何度か外交の為に訪れたことのあるヴァイオレットは、リーガル帝国に到着した際、大きく驚くことはなかった。

だが、皇族が住まう城の一角――紅葉宮のエントランスに足を踏み入れた時は、今まで様々なものを目にしてきたヴァイオレットであっても、感嘆の声を漏らした。

「まあ……なんて素敵なんでしょう……！」

大臣や家臣たちが登城する瑠璃宮は会談の際に、ダンスホールがある翡翠宮には舞踏会の際に訪れたことがあり、その二つともとても煌びやかで美しかった。

だが、紅葉宮はその二つの宮殿とは比べ物にならないほど上質なものが使われている。

「壁に彫られた葉っぱのような柄は、リーガル帝国伝統のレイズリー柄ですよね？　陶器の花瓶の独特の赤い色は、リーガル帝国南部の森でしか採れないコリシスの葉を染料として使っていて、絨毯は北東にいる一部の民しか織れないと言われているセルシャ絨毯！　凄いですわ……」

エントランスを見回しながら、目をキラキラとさせるヴァイオレットに、シュヴァリエは感心するように驚いた。

「貴女が才女であることは分かっているつもりだったが、良く知っているな」

「リーガル帝国は友好国でしたもの。会談の際に失礼にならない程度には知識は入れてあります。それに、輿入れまでにも少しだけ時間がありましたので、少し追加で勉強を……これから暮らす国や土地、伝統や民について知ることは、とても楽しかったです」

「……ハァ。本当にヴァイオレットは……」

シュヴァリエは右手で額を押さえると、左手をヴァイオレットの頭にずいと伸ばす。そして、優しく彼女の頭にぽんと置いた。

「聡明なだけでなく、謙虚で、頑張りやで……貴女のような素敵な女性を妻にできる俺は、世界で一番幸せ者に違いない」

「……!?　いっ、言い過ぎですわ……」

「そんなことはない。俺は世界で一番幸せ者だ。それに、ヴァイオレットならば民からも必ず慕われる。一人の男としても、皇帝としても、これ以上幸せなことがあるか」

「……っ、お褒めに与り、大変光栄なことでございます……」

こんなに褒められるとなんだか体がムズムズしてしまう。

すると、シュヴァリエが今度はヴァイオレットの頰に手を滑らせた。

少しザラリとした指先に、ヴァイオレットの胸はトクンと音を立てた。

「陛下……ヴァイオレット様を愛でたい気持ちは重々承知しておりますが、紅葉宮に仕える者たちが既に集まっています。早く行きませんと……」

「……。ロン、お前あと一分くらい待てないのか」

「一分で終わらなそうだったので」

会話に入ってきたのはシュヴァリエの従者――ロンだ。

舞踏会で魔力酔いのシュヴァリエの身を案じていた人物と同一人物であり、以前シュヴァリエが実家に挨拶に来てくれた際にも彼が来ていた。その際にヴァイオレットは彼と挨拶は済ませてあるのだが、ロンはシュヴァリエに対して、割と言うことは言うらしい。

(なんだかシュヴァリエ様、少し可愛いわね)

やや少年のような顔でロンと話すシュヴァリエに、ヴァイオレットはクスクスと笑みを零した。

それからヴァイオレットは、先程ロンが言っていたように紅葉宮に仕える使用人たちに顔見せと挨拶をするため、宮殿の二階に上がる。ヴァイオレットはシュヴァリエの隣で、広間にいる使用人一同を見渡した。

その時、シュヴァリエにそっと肩を抱かれてやや驚くが、最初が肝心だからと、動揺した姿を見せることはしなかった。

隣のシュヴァリエが、大きく息を吸い込む。

「全員既に知っているだろうが、彼女はヴァイオレット・ダンズライト——俺の妻になる女性だ。祝福の儀を終えるまで正式な婚姻は待つことになるため、当面は婚約者としてここで過ごしてもらう。ヴァイオレットへの不敬は俺への不敬だと思え。良いな」

——リーガル帝国の皇帝の婚姻には、祝福の儀、分かりやすく言えば結婚式が必要になる。

教皇の前で愛を誓う儀式だが、会場の確保に教皇の予定調整、来賓の貴族たちに通達と、ヴァイオレットやシュヴァリエの正装の仕立てなどがあり、一朝一夕では行えないのだ。

シュヴァリエ曰く、祝福の儀を迎えるまでに約半年の時間を要するため、それまでヴァイオレットは婚約者という扱いになるらしい。

(……さて、皆の反応は……)

突然他国から嫁いできた公爵令嬢など、受け入れられるのか。

人間、表面上ならどうとでも繕えることを知っているヴァイオレットは、使用人たちの様子をくまなく観察する。

こちらを真摯な目でじっと見つめてから、深く一斉に頭を下げる使用人たち。

「……皆、さん……」

その姿は、取り繕っているようには見えなかった。

（ここに仕える者たちはきっと、シュヴァリエ様を尊敬しているのね。だから、シュヴァリエ様が選んだ私のことも認めてくれている……）

そのことが嬉しくて、ヴァイオレットは穏やかに微笑むと、口を開いた。

「皆さん、至らないところもあると思うけれど、色々教えてください。末永く、よろしくお願いしますね」

ヴァイオレットの声に、一度顔を上げた使用人たちが再び深く頭を下げる。

そんな彼ら彼女らを見て、シュヴァリエの婚約者として恥じるようなことがないように頑張らなければと、ヴァイオレットは意気込んだ。

「専属侍女、ですか……？」

使用人たちへの挨拶が終わった後、仕事に戻っていく使用人たちの一方で、シュヴァリエから言われた言葉をヴァイオレットは繰り返した。

「ああ。移動時に話したが、皇帝が妻を娶る際、侍女はリーガル帝国側で用意するという決まりがあるだろう？　だから、既に貴女の専属侍女に相応しい者を選定しておいたんだが──」

しかし、その時シュヴァリエの背後から、家臣と思われる男が走ってきた。

「陛下!!　不在中に上がってきた書類で、期限が近いものがいくつかございます。急ぎ執務室にお越しください……!」

「……そうか。分かった。ヴァイオレット、悪いが俺は行かねばならない。専属侍女との顔合わせを済ませておいてくれるか？　ロンは残していくから、分からないことがあったらロンに聞いてほしい」

「はい。承知いたしました。お仕事頑張ってくださいませ」

「輿入れの日だというのに、すまないな」

かくして、ヴァイオレットはシュヴァリエを見送ると、専属侍女との顔合わせを行うことになった。

(か、彼女が私の侍女なのかしら……？)

自分の持ち場に戻る使用人たちだったが、その中で一人の女性がヴァイオレットに駆け寄ってくる。

真ん丸な大きな眼鏡に、焦げ茶色の髪の毛をおさげにし、お仕着せに身を包んだ女性。

彼女はヴァイオレットの目の前に到着すると、キラキラとした、まるで憧れの存在を見るような目を向けてきた。

「ヴァイオレット様！　この日を待ちわびておりました！　私は、シェシェ・ゲルハルトと申します！　精一杯ヴァイオレット様の身の回りの世話をさせていただきたく存じます！　よろしくお願いします……！」

「え、ええ。よろしくお願いしますね、シェシェ、ゲルハルト……って、え？」

先程の様子からして、シェシェが好意的であることになんら疑問はなかった。

シェシェ自体は動いていないのに、彼女のおさげが喜びを表すようにぴょんぴょんっと揺れているのも、まあ、無いこともない。

（……こともないかもしれないけれど、今は置いておいて）

ヴァイオレットは目の前にいるシェシェから、斜め後ろに控えるロンを見て、伺うように声をかけた。

「ねぇ、ロン……シェシェって」

「さすがヴァイオレット様です。もうお気付きになったのですね」

ロンはそう言うと、シェシェの隣まで移動した。

そしてロンとシェシェは、ヴァイオレットに見えるようにそれぞれ左手を胸の前に持ってきたのだった。

「このとおり、私ロン・ゲルハルトと、シェシェ・ゲルハルトは夫婦なのです。ヴァイオレット様」

「そうなのです！　ヴァイオレット様！」

専属侍女のシェシェと、シュヴァリエの従者であるロンが夫婦であることに驚いたヴァイオレットだったが、彼らの話を聞いて納得した。

実はロンは代々皇帝に仕える家の出身で、シェシェは代々皇帝の妻に仕える家の出身らしい。互いに家同士で深い関わりがあり、幼馴染みのようだ。

現在、ロンは二十三歳で、シェシェは二十一歳。昔から、シェシェが二十歳になったら結婚しようと約束していて、去年入籍したのだとか。

(幼馴染み、それに恋愛結婚。素敵ね……私には程遠いことだけれど……。それにしても、代々皇帝の妻に仕えることを目的に育ってきたから、シェシェは私にこんなに誠心誠意仕えてくれるのね)

ヴァイオレットがそんなことを思っていると、シェシェが声を掛けてきた。

「ヴァイオレット様、お疲れでしょうから、お部屋にご案内いたしますね」

「ええ。ありがとう」

それから通された部屋は、部屋の主人であるヴァイオレットが快適に過ごせるよう様々な気遣いがされていた。

南向きの大きな部屋。装飾品も一流のものばかりで、埃一つない。

鍵はあるものの、シュヴァリエの部屋と続き部屋になっているここは、間違いなく妃に

なる身分の者しか住まうことは許されないのだろう。

　ヴァイオレットはシェシェが淹れてくれた紅茶を飲みながら、ホッと一息ついた。

「シェシェ、このお茶も、それにお菓子もとっても美味しいわ。ありがとう」

「ヴァイオレット様に喜んでいただき、この上ない幸せでございます！」

　またおさげがぴょんっと跳ねるシェシェ。感情に左右される髪の毛なんて聞いたことがないヴァイオレットは、まあ偶然だろうと然程気にすることはなかった。

「そう言えば、ロン。シュヴァリエ様がお忙しそうだから聞けなかったのだけれど、微力ながら、私も明日から公務のお手伝いをしようと思うの」

　さらっと言えば、ロンは目を見開いた。

「……！　そんな、今日いらっしゃったばかりですのに！　しばらくゆっくりと過ごされては……」

「いいえ。紅葉宮で働く方たちにシュヴァリエ様の婚約者として受け入れてもらえたのだもの。しっかり仕事をして応えなければね。今日のところはとりあえず紅葉宮殿内を把握して、この城で働く皆の名前を覚えるところから始めようと思うから、もし私より先にシュヴァリエ様に会うことがあったら、公務を手伝いたいこと、シュヴァリエ様に伝えておいてくれないかしら？」

「そ、それはもちろんですが……」

　若干戸惑うロンに、「ヴァイオレット様のお体が心配ですから、やっぱり休みましょう！」と言うシェシェ。

　そんな二人は目を合わせ、同時にうんうんと頷いている。

「ふふ、息がぴったりね。さすが夫婦だわ。……けれど、これは私の我が儘なの。私はシュヴァリエ様の婚約者として、国を統べるものの伴侶になる身として、早くこの国のことを良く知りたい。役に立ちたいのよ。だから、彼に大人しくしていろと言われない限りは働かせてね。お願い」

　ヴァイオレットが真剣な瞳をしてそう言うと、ロンとシェシェになにかを言い返す選択肢などはなかった。

「「……分かりました」」

「ありがとう二人共！　ロンもシェシェも、改めてよろしくお願いするわね！」

　そうしてヴァイオレットは、部屋をもう一度隅々まで見てから、城内を散策するのだった。

✦

――同日深夜、執務室にて。

「ヴァイオレットが公務を手伝いたい、か。あのクソ男に仕事を押し付けられて大変だったのだから、ゆっくり休めば良いものを……凄まじい責任感だな」

結局、シュヴァリエがその日、ハイアール王国に滞在していた間に溜まった書類の処理に追われ、ヴァイオレットの話をロンから伝え聞いたのは人々が寝静まった頃だった。

「まったくです……」と頷くロンに、シュヴァリエは立ち上がって窓の外を眺める。

「……本当は少しゆっくりしてほしかったが、ヴァイオレットの提案に甘えるか。二年前に前皇帝夫妻が急な事故で亡くなったことで、俺の仕事量が膨大になっているからな。仕事をヴァイオレットに手伝ってもらえれば、自分の仕事に余裕ができ、大臣たちにもスムーズに仕事を振り分けられることは想像に容易い。それなら――」

おそらく、他国から妻を娶ったとなれば、大臣たちの間に多少の反発はあるだろう。

しかし、ヴァイオレットの優秀さを目にすれば、直ぐにその考えはなくなるに違いない。

「ヴァイオレットには俺の公務の補佐として、仕事を手伝ってもらおう。彼女ならば書類仕事でも外交でも問題ないだろうしな。王太子妃候補としてずっと勉強してきた彼女は、なにもしていない状況の方が不安なのかもしれない。ヴァイオレットに任せる仕事については俺の方で調整するから、ロンはヴァイオレットがリーガル帝国のマナーについて学べるよう、人を配置しておいてくれ」

「かしこまりました」

「なら、この話は一旦終いだ。――なあ、ロン」

ロンを呼ぶシュヴァリエの声に、ピシリと緊張感が纏う。

ロンは無意識に唾を呑み込むと、シュヴァリエの言葉を待った。

「お前もあの場にいたから知っていると思うが……何故ダッサムは、わざわざヴァイオレットのもとに文句を言うために訪れたんだと思う？」

「単純に……愚かだからでは？」

「そんなことは分かっている。謹慎明けで問題を起こすなど、よほど阿呆のやることだということはな。だが、一応あれでも王太子の立場なんだ。マナカを婚約者にする、ヴァイオレットに婚約破棄をするという愚行はまだしも、文句を言うためだけに自身の立場を危うくすると思うか？」

「……つまり、陛下はなにを仰りたいのですか？」

シュヴァリエは一旦間をおいてから、再び口を開く。

「あのクソ男の気持ちなど知らんが、あいつは俺たちが思っているよりもヴァイオレットのことを酷く恨んでいるのかもしれない、ということだ」

「しかし、もうヴァイオレット様はここリーガル帝国にいらっしゃるのですし、心配せずとも……。私はそれよりも、陛下のヴァイオレット様への態度の方が心配なのですが」

「は？」

一体なにが心配なのだろう。ダッサムと違い、ヴァイオレットのことは大切にしているつもりなのだが。

もしかしたら、今日仕事にかかりきりで、ヴァイオレットに気遣えなかったことを責められているのだろうか。

シュヴァリエはそう考えたのだが、どうやらロンの考えはそうではなかったらしい。

「陛下、ヴァイオレット様に甘過ぎませんか？　ああ、甘やかしているという意味ではなく、陛下の好きという気持ちが抑えきれていないという意味です。城に入ってからはもちろん、馬車内での様子もカーテンの隙間からちらりと見えたのですが、その……陛下の好きが過ぎる気がします。ヴァイオレット様が困惑するのでは？」

「……これでも、本当は直ぐに伝えたい気持ちを我慢しているんだ。まだヴァイオレットは婚約破棄をされたばかりで気持ちの整理がついていないだろうから。それに、新しい土地に来て覚えることも沢山あるだろうから、負担になりたくない。……だが、俺はヴァイオレットを愛しているんだ。そりゃあ、言動に出るだろう。馬車で格好いいと言われた時なんて、嬉しすぎて顔がにやけるのを抑えるのが大変だった……」

「……ハァ」

ロンは首を横に振って呆れた顔を見せる。そして、シュヴァリエに聞こえないような声で、ボソボソと呟いた。

「まあ、ヴァイオレット様が本気で嫌がっている感じはないですが、多少は自重してくださいね」

「なにか言ったか？」

「いえ、なにも」

ロンがなにか言ったことは間違いないのだが、シュヴァリエは、はっきりとは聞き取れなかった。

彼がなにを言ったのかは気になるものの、一旦それはいい。

シュヴァリエはこれからヴァイオレットの婚約者として傍にいられることに喜びを感じながらも、ダッサムに対しては一抹の不安を抱えていた。

次の日。
リーガル帝国では、皇帝や大臣たちは同じ執務室で仕事をすることになっている。
そんな中、ヴァイオレットは早速公務の手伝いを始めたのだが、おおよそ四十代から五十代の、十人程の大臣たちは全員、ヴァイオレットの働きに目を瞠った。
「シュヴァリエ様、こちらの書類は終わりました。一部書類にミスがあったので、それも訂正しておきました。訂正箇所の確認をお願いします。それと、この分だとおまかせしていただいた書類は一時間程度で捌けると思いますので、補佐官に追加で書類を持ってきてくださるようお願いするつもりなのですが……って、あら？」

シュヴァリエの隣にテーブルを用意してもらい、彼が振り分けてくれた書類仕事をしていたヴァイオレット。

最初は頻繁に確認してもらうべきだろうと、立ち上がってからシュヴァリエに声をかけたのだが、少し離れた位置で仕事をしていた大臣たちがあまりにこちらを見てくるのだ。

（ハイアール王国にいた頃と同じように仕事をしていただけなのだけれど……）

不安になったヴァイオレットは、目の前で椅子に座っているシュヴァリエと目を合わせた。

「あの、シュヴァリエ様……私の仕事のやり方になにか問題でもありましたか……？　ハイアール王国と書類の作り方に大きな違いがなかったため、同じように処理しても構わないだろうと判断したのですが……」

不安を吐露すれば、シュヴァリエはヴァイオレットに渡された書類に目を通してから、ふっと笑みを零す。

そして、ヴァイオレットを安心させるように穏やかな声で彼女に告げた。

「いや、なんの問題もない。むしろ完璧だ」

「本当ですか？　それなら良かったです。……けれど、あの、どうして皆様はこんなに私を見ているのでしょう？」

「ああ。それは、伝え聞いていたよりも、実際の貴女がより優秀だから、皆驚いているだけだ」

「えっ」

むしろ、ヴァイオレットとしては新しい環境で、調べながらではないと処理できない書類が多かったため、手間取っていたのだが――。

「あっ、もしかしたら」

しかし、そこでとある考えがヴァイオレットに浮かんだ。

元婚約者、ダッサムのことを頭に思い浮かべながら、ヴァイオレットは昔のことを思い出すように語った。

「ダッサム殿下がここにいないからかもしれません……」

「は？　どういうことだ、ヴァイオレット」

シュヴァリエが問いかければ、ヴァイオレットは苦笑いを零した。

「恥ずかしながら、ダッサム殿下の仕事のやり方はかなり雑で、ミスが多かったのです。そのため、あのお方の処理した書類は、必ず私が二重チェックを行って訂正しておりました。しかしそれではあのお方の為にはなりません。ですから、殿下の今後のためを思って、後ほどなにをどのようにミスしていたのか、そのミスをしないためにはなにに気を付ければ良いかなど書面にまとめて提出していましたので……それでかなり時間を取られていました」

「「…………」」

シュヴァリエだけでなく、執務室内の大臣たちがヴァイオレットに憐れみの目を向ける。

ヴァイオレットが優秀であることと同時に、ダッサムがあまりに不出来であることは他国にも知れ渡っていたのだが、まさかここまでとは思わなかったのだろう。

「けれど今はダッサム殿下がいませんから、私は自分の仕事にだけ集中することができます。それに、皆さんの書類はミスが少ないですし、報告、連絡、相談がきちんとなされているので、仕事の流れがとてもスムーズなんです。……こんなに仕事がしやすいなんて、私、感動ですわ」

「ヴァイオレット……」

ハイアール王国の大臣や文官も基本的には優秀であるが、ダッサムという爆弾に触れたくないため、今まで公務に関してはヴァイオレットに任せっきりのところが多かった。

ヴァイオレットもヴァイオレットでそれを熟せてしまうので、彼らはどんどん楽な仕事のやり方を覚えてしまったのだ。

それが、ヴァイオレットの労働時間を増やし、負担をかけているだなんて思いもせずに。

「貴女は……本当に頑張ってきたんだな」

「……いえ。それが当時、次期王太子妃候補と言われていた私の仕事でしたから。できる限りのことをするのは当然ですわ」

「……………」

「けれど、リーガル帝国での仕事のしやすさを知ってしまったら、もうあの頃には戻れませんね」

ほんの少しだけ悪戯っぽく、そう言ってのけたヴァイオレットは、いつもの気品溢れる彼女よりも、やや幼い表情をしている。

シュヴァリエはそんなヴァイオレットから、目を逸らせなくなり「ヴァイオレット」と、彼女の名を呼んだ。

「はい、なんですか？　シュヴァリエ様」

どこか切なげな色が表情から見えるシュヴァリエに対して、ヴァイオレットは穏やかに微笑んで、彼の言葉を待った。

「ヴァイオレットの今までの頑張りは当然のことではないよ。その努力や労力は認められるべきだ。少なくとも、ここにいる者たちは皆、貴女に尊敬の念を抱いたはずだ」

「え？」

シュヴァリエが大臣たちに目配せを送るので、何だろうかとヴァイオレットも彼らの方に体を向ける。

「ヴァイオレット様！　これからは私たちで陛下とヴァイオレット様をお支えしますから、大丈夫ですぞ！」

「より効率的に仕事ができるよう、よろしければヴァイオレット様にも色々とご教授いただければ……！」

「こんなに素敵なお方が将来の皇妃様だなんて！　リーガル帝国はしばらく安泰ですな……！」

すると、突如詰め寄ってきた大臣たちのそんな声に、ヴァイオレットは目を見開いた。

「み、皆様、お気遣いも称賛も大変嬉しいのですが、一旦落ち着いてくださいませ……！」

興奮冷めやらぬ様子の大臣たちを横目に、ヴァイオレットはちらりとシュヴァリエの顔を見やる。

「な？　言っただろう？」

まるで慈しむような目でこちらを見つめるシュヴァリエに、ヴァイオレットは薄っすらと目を細めて笑みを零した。

第四章 ★ 薬草デートへと参りましょう

リーガル帝国に来てからもう一ヶ月が経つ。

ヴァイオレットは、薬師(くすし)として少しだけ物足りなさを感じていた。

「シェシェ。今日は午前中に書類仕事を済ませて、それから会議に出席、午後からはリーガル帝国の歴史についての講義を受ける予定で良いわよね？」

「はい！　そのとおりです！　……しかし、ヴァイオレット様、毎日こんなに予定が詰まっていては大変ではありませんか？」

「問題ないわ。ハイアール国ではもっと大変だったくらいだから。それに、薬師としての仕事もあったことだし……」

ヴァイオレットはこの一ヶ月、暇(ひま)を見つけると自室で簡易的な調合は行っていた。

シェシェの喉(のど)の調子が悪い時や、大臣の数名が腰痛(ようつう)に悩(なや)んでいると耳にした時に、その症状(しょうじょう)が軽減したり、改善したりするような薬を渡した。

とても喜んでもらえて、嬉しかったのを今でもはっきりと覚えている。

（嬉しそうな顔で、治った、楽になったと言われるのって、未(いま)だに本当に嬉しいのよね。

……とはいえ、久しぶりに本格的な調合がしたいわね。今はリーガル帝国について学んでいる身だから無理だけれど……。それに、本格的な調合をするには諸々設備が必要だもの）

薬師として活動的に働きたいという欲求が頭にちらつくヴァイオレットだったけれど、それ以外はシュヴァリエや城の皆のおかげで充実した日々を送っていた。

リーガル帝国に嫁いできてからというもの、朝食はいつも自室に用意してもらっている。色とりどりのサラダやトマトを使ったスープなどがテーブルに置かれている中で、ヴァイオレットは小麦の香りがするふんわりとしたパンを口に含んだ。

（ふふ、美味しいわ）

シュヴァリエとは昼食も基本的に別だが、夕食はほとんど一緒に食べている。

それに、時間が少しでも空くとシュヴァリエは会いに来てくれていた。執務室では常に隣にいられるので、寂しさはなかった。

ダッサムとは王宮でも最低限しか顔を合わせず、食事の席を共にすることなんてほぼ無かったので、その違いに少し戸惑ってしまう。

しかし、シュヴァリエの行動は、家臣――延いては民たちを安心させるためだということをヴァイオレットは分かっている。

けれど、シュヴァリエに大切にされるのは正直嬉しい。もちろん、ときおり気恥ずかしさはあるのだが――。

「……そろそろ、慣れなくてはね」

「……？　なにに、でいらっしゃいますか？」

「……シュヴァリエ様の、その、お優しすぎる態度というか、その……」

「ああ！　陛下の大好き攻撃にどう慣れれば良いのか考えていらっしゃるのですね！　なるほど！」

「大好き攻撃ではないわ!?　決してそうではないわ……!?」

それではまるで、シュヴァリエが本当にヴァイオレットのことが好きみたいである。

シェシェがそう勘違いするのは致し方がないことではあるが、実際は違うのだから否定しておかなければ。

（……って、待って？　否定しない方が良いのかしら？　だって、皆にはそう見えて当然で、なにも都合は悪くないわけだもの）

ヴァイオレットはそう思ったが、恥ずかしさには耐えられなかった。

シェシェがおさげを揺らしながら、雄弁に「陛下は今までどのような女性にも見向きもしなかった」とか「陛下はヴァイオレット様のことが大好きで仕方がないから、以前よりも一層お仕事を頑張って、ヴァイオレット様との時間を作ろうとしているみたいですよ？」だとか語るので、「そんなはずはないわ……」と弱々しく否定するのだった。

同日の夜。

ヴァイオレットは、今朝シェシェが言っていたとある言葉を思い出すことになる。

――コンコン。

自室で日中に学んだリーガル帝国の歴史についての復習をしていたヴァイオレットは、ノックの音に羽根ペンを持つ手を止めた。

「ヴァイオレット、シュヴァリエだ。少し話があるんだが、入っても構わないだろうか」

「はい。どうぞ」

ヴァイオレットは教材や羽根ペンをテーブルの端にまとめると、ソファーから立ち上がって、そう返事をする。それから、控えていたシェシェが扉を開いた。

すると部屋に入ってきたシュヴァリエは、シェシェを下がらせた後、ヴァイオレットが座っていたソファーに腰を下ろし、「貴女も座ってくれ」と隣に座るように促した。

「その前に、シュヴァリエ様のお茶の準備を――」

「いや、長居はしないから構わない。……それとも、長居しても構わないのか？」

「……!!」

ヴァイオレットの視界に映ったのは、シュヴァリエのやや挑発的な碧の瞳だった。

婚約している男女が、夜に密室で二人っきり。

それを長居する――つまり朝までいても構わないのか、という質問の意図を瞬時に察したヴァイオレットは、それを想像してかぁっと顔を真っ赤に染めた。

「……っ、シュヴァリエ様、婚前、ですわよ」

「分かっている。……冗談だ、というつもりだったんだが……ヴァイオレットのそんな顔を見るとな――」

「きゃっ……！」

その瞬間、ヴァイオレットはシュヴァリエに手首を捉えられると、ぐいと引き寄せられて、先程まで座っていたソファーに半ば強制的に座らされてしまう。

ヴァイオレットが驚いて隣に座るシュヴァリエを見上げると、彼はふっと笑って、耳元で囁いてきた。

「頬を真っ赤に染めて、瞳を潤ませている貴女は、この世で最も可愛いな」

「～～っ!?」

「はは。耳まで苺のように真っ赤だ。……食べてしまいたくなる」

「……っ」

耳にシュヴァリエの熱っぽい吐息。手首の拘束を解かれたと思ったら、次は逃がさないというように肩を抱き寄せられてしまう。

その行為だけでも、緊張してしまうというのに、足の外側同士がピタリと密着しているせいで、シュヴァリエの太ももの硬さが伝わってくる。その感触は、互いの洋服の布の隔たりなんて、あってないように思わせた。

(なんでこんな時に、シェシェが言っていた『大好き攻撃』なんて言葉を思い出すの、私は……!)

彼の言動も、瞳も、体温も全てが情熱的だ。

ヴァイオレットの目は潤み、心臓はバクバクと激しく音を立てる。恋愛ごとに慣れていないヴァイオレットが冷静でいられるわけもなかった。

「……っ、ご容赦、くださいませ……」

シュヴァリエに向かって、目が潤んだまま懇願するようにそう囁けば、彼は自身の目の辺りを空いている方の手で覆い隠して「怖いな……」と呟いた。

「こ、怖いですか……?」

なにを突然言い出すのだろう。理解できなかったヴァイオレットが、シュヴァリエの言葉をオウム返しすれば、彼は手の隙間からちらりと覗かせた碧い瞳で、ヴァイオレットを射貫いた。

「その目も、声も、態度も、狙っているわけじゃないんだろう?」

「狙うとは……?」

「……いや、なんでもない。とりあえずヴァイオレットが末恐ろしいということだけは理解した」

「……？」

シュヴァリエは独りで納得すると、ヴァイオレットの肩から手を離して本題を切り出した。

「今夜来た目的は二つ。まずは、一ヶ月の間、リーガル帝国のために一生懸命働いてくれてありがとう。改めてその礼を言いに来た」

「……！　シュヴァリエ様……」

ヴァイオレットはこの一ヶ月間、シュヴァリエとほぼ毎日顔を合わせた。質問には優しく答えてくれて、こちらの助言には当然のように耳を傾けてくれて、無理をするなと、ありがとうと、いつだって労りの声をかけてくれていたというのに。

（それなのに、改めて言いに来たって、そんなの……）

こんなこと、ダッサムが婚約者だった時には決してなかった。

シュヴァリエの婚約者になってから、毎日がこんなに幸せで良いのかと怖くなるほど幸せなのに、改めてこんな優しさを向けられたら——。

「ありがとうございます、シュヴァリエ様。私も、シュヴァリエ様や家臣の方々、国のため、民のために働けて、幸せですわ」

あまり喋ると、ほろりと来てしまいそうになったヴァイオレットはそう言うので精一杯だった。けれど、彼が穏やかに笑う表情を見ると、この気持ちはきっと伝わっているのだろうと思った。

「あの、それでシュヴァリエ様。ここに来た目的のもう一つって……？」

どこか照れくさくなったヴァイオレットは、すぐさま話を切り替える。

シュヴァリエはそんなヴァイオレットに楽しそうに微笑み、隣に座る彼女の手を取った。

「なあ、ヴァイオレット」

「は、はい」

肩を抱かれていた時よりは密着度は減ったというのに、シュヴァリエに礼を言われたことが嬉しかったから、ただ手を握られているだけでも心臓が激しく脈を打った。

そのような状況の中でもヴァイオレットはできるだけ冷静を装う。

すると次の瞬間、目を見開くことになった。

「明日、ヴァイオレットは休暇だろう？　俺も休みなんだが、良ければ街にデートに行かないか？」

次の日、ヴァイオレットはシュヴァリエとデートに向かうべく、シェシェに身支度を手伝ってもらっていた。

城下町でも違和感がないようにドレスではなくワンピースに身を包み、やや薄めの化粧をあしらう。

日焼けをしないように広めのつばの帽子を被り、そこから艶やかな蜂蜜色の長い髪が見えるヴァイオレットは、生まれのせいというべきか、まったく平民には見えなかった。

「どう見ても貴族のお忍び……頑張っても栄えた商家の娘程度にしか見えませんね。私ではこれ以上、ヴァイオレット様の気品を消すことは難しいようです」

「気品って……なにを言っているの、シェシェ」

シェシェがなにやら凄いことを言うので、ヴァイオレットは苦笑いを零したものの、鏡に映る自分の姿に、彼女の言い分は完全に否定できなかった。

「今日は楽しんできてくださいね！　陛下とのデート!!」

「ふふ、そうね。……楽しんでくるわね。……ふぁ……あっ」

「珍しい。ヴァイオレット様が欠伸をなさるなんて」

「……ええ、少し寝不足なのかしら。今のは見なかったことにしてちょうだいね」

ヴァイオレットが恥ずかしそうにそう言うと、鏡越しにシェシェがニンマリと微笑んだ。

「もしや、陛下とのデートが楽しみ過ぎて寝られなかったのですか!?　ひゃ〜！　相思相愛、素敵ですね！」

シェシェの発言に一瞬ドキリとしたヴァイオレットだったけれど、表情に出すことはなかった。

「ふふ、どうかしら。相思相愛で言うなら、シェシェとロンの方がそうじゃない。夫婦なんだもの」

「ヴァイオレット様たちも半年後には夫婦ではないですか！」

そう言われればそうなのだが、事情があるためシェシェやロンとは違うのだ。

しかし、それを伝えることができないヴァイオレットは、控えめな笑みを零して、「さあ」と言って立ち上がる。

「そろそろ馬車の準備ができた頃だろうから、向かいましょうか」

「かしこまりました！」

馬車が既に待機している正門へ向かえば、そこには多くの男性たちがいた。

騎士とシュヴァリエの従者たちである。

皇帝とその婚約者が城下町に出かけるとなれば、人が動くことは当然なので、ヴァイオレットが驚くことはなかった。

おそらく、誰がどのように護衛し、有事の際にはどのように対処するか確認しているのだろう。

騎士や従者たちに「今日はお願いしますね」と声がけをしながら馬車に歩いていけば、

こちらに気付いたシュヴァリエが駆け寄ってくる。

「ヴァイオレット！」

白いシャツを腕まくりし、平民が穿くものよりも少しだけ上等な革のズボンに、編み上げのブーツ。腰辺りには帯剣をしている。

薄着だからか、シュヴァリエの鍛え上げられた体軀がいつもより露わになり、ヴァイオレットはそっと彼から目を逸らしてから、カーテシーを見せた。

「ごきげんようシュヴァリエ様。今日はよろしくお願いいたします」

「ああ、もちろんだ。街では護衛たちは遠くに待機させるから、あまり気にならないと思う。それと、いざとなれば貴女のことは俺が守るから安心してくれ」

手の甲にキスをされ、ヴァイオレットの体温はおよそ一度上昇する。

腕っぷしに定評のあるシュヴァリエに守ると言われたこと、手の甲に感じる彼の唇の温度に、心臓が疼いたからだ。

「……は、はい。頼りに、していますね」

「ああ。……それにしても、ヴァイオレットはなにを着ても美しいな。素朴な姿でも、貴女の気品がより際立って見える。こんなに素敵な女性とデートができるなんて……なんて幸福なんだろう」

「……っ」

(甘い……！　甘過ぎるわ……！)

騎士たちがいるため、仲睦まじく見せるのは正しい。ヴァイオレットだって、それは分かっている。

一晩考えた結果、シュヴァリエが敢えてデートという言葉を使ったのは、周りに仲睦まじいアピールをするためであって、本来の名目は視察なのだろうとヴァイオレットは思っていた。

そんな中で、周りから「ラブラブで羨ましい」「ゾッコンなんだなぁ」「俺まで恥ずかしくなってきた」なんて声が聞こえてくるので、ヴァイオレットは恥ずかしさに耐えきれなくなった。

「は、早く二人きりになりましょう！」

だから、ヴァイオレットは咄嗟にそう叫んだのだが、それは失敗だったのかもしれない。

「ヴァイオレット……俺も貴女と二人きりになりたい。早く馬車に乗ろうか」

「……っ、はい。……って、あ」

より二人の仲の良さを見せつけることになり、ヴァイオレットもシュヴァリエが好きでたまらないとアピールしたことになってしまったからだ。

それを、彼の手を掴んだ瞬間に気付いたヴァイオレットは、恥ずかしくて顔ごと地面に向ける。

そのせいというべきか、そのおかげというべきか。シュヴァリエが顔を真っ赤にして喜んでいる姿を、ヴァイオレットが見ることはなかった。

「ヴァイオレット、着いたよ。降りようか」

城からおよそ三十分ほどだろうか。

いつもよりも二割増しに機嫌が良く見えるシュヴァリエと何気ない会話をしていると、いつの間にか城下町の近くに到着していた。

お忍びのため、ここからは少し歩いて城下町に向かうのだ。従者や護衛たちは、ヴァイオレットたちが乗る馬車とはやや離れたところに停めている。

ヴァイオレットはシュヴァリエに手を取ってもらい、ゆっくりと下車する。これまで城下町は通ったことはあったが、降りたことはなかったので、初めて降り立ったリーガル帝国の街並みに「わぁ……！」と感嘆の声を漏らした。

「お店や露店が沢山ありますね……！　シュヴァリエ様、どのお店に行きたいですか？」

目をキラキラとさせて、体をウズウズとさせているヴァイオレット。

シュヴァリエはそんなヴァイオレットに対して笑みを浮かべてから、彼女の手に指を絡ませた。

「……!?」

「俺は何度も来ているから、ヴァイオレットが行きたいところに全て付き合う。ただ、逸れては危ないから手を繋いでおこうな」

城下町には人が溢れている。護衛が遠くに控えているとはいえ、土地勘のないヴァイオレットが逸れては問題になってしまう。

そのため、手を繋ぐ、もしくは腕を組む可能性は感じていたけれど、何故こんなことになっているのだろう。

「……っ、そ、それなら指を絡ませる必要はないのでは……!?」

指先一本一本が絡み合い、普通に手を繋ぐよりも数倍恥ずかしい。

ヴァイオレットがやや声を荒らげるとシュヴァリエは右側の口角だけを上げて微笑んだ。

「今日はせっかくのデートだから、いつもよりヴァイオレットに触れていたいんだ。……駄目か？」

「……っ、だめ、では、ありませんが……」

「……良かった。それなら、早速行こうか」

そう言ったシュヴァリエに手を引かれ、ヴァイオレットは城下町の人並みに向かっていく。

こちらを見て「初めはどこに行きたい？」と優しく聞いてくれるシュヴァリエに、ヴァイオレットの胸はドキドキと音を立てた。

それからヴァイオレットは、シェシェから評判だと話に聞いていたアクセサリー店にシュヴァリエと足を運んだ。

「まあ、とても種類が多いですね！」

「本当だな。こういう店には入ったことがなかったんだが、これだけ数が多いと圧倒されるな」

店に入ると、まずはその品数に驚いた。大きな縦長の台には優に百は超えるだろうアクセサリーが陳列されてあり、ネックレス類の一部は壁に掛けられている。

店内を歩きながら、ヴァイオレットはそれらを近くで眺めた。

「シュヴァリエ様！　どれも細工が丁寧で、デザインも凝っています！　特にこれ、見てください！」

ヴァイオレットは腰を丸め、台に置かれた、とあるアクセサリーを見る。そして、興奮した声色でシュヴァリエを呼んだ。

そんなヴァイオレットの姿は、いつも凛とした彼女と比べると少し幼く見えて、シュヴァリエはぽろっと「可愛いなぁ」と零した。

「？　今なにか仰いましたか？」

腰を曲げたまま、尋ねるヴァイオレット。

シュヴァリエはヴァイオレットの隣に行くと、彼女と目線を合わせるように腰を折って、横を向いてヴァイオレットを見つめた。

「いや、いつもよりはしゃいでいる貴女が、とても可愛いと言っただけだ」

「……！」

その瞬間、ぷしゅーと湯気が出そうなほどヴァイオレットの顔は熱くなる。可愛いと言われたことはもちろんだが、シュヴァリエから言われるほど自身が高揚しているとは思っていなかったからだ。

「申し訳ありません……！　その、ご指摘を受けるほどだとは思っておらず……」

「何故謝る？　それほど大声でもなければ、ありがたいことに今この店には店主と俺たちだけだ。気に病むことはないよ。それに」

シュヴァリエは直後、ヴァイオレットの耳に顔を近付けた。

「今日はお忍びデートなんだ。俺に色んなヴァイオレットを見せてほしい」

「……っ」

「俺の頼み、聞いてくれるか？」

甘い囁きに、ヴァイオレットはコクコクと頷くので精一杯だった。

そんなヴァイオレットにまたもや、可愛い……と零したシュヴァリエは「それで、どのアクセサリーを見ていたんだ？」と問いかけた。

「あっ……それはですね、これなのです」

そう言ってヴァイオレットが指を差したのは、葉っぱの形をした、碧い髪飾りだ。主にサファイアが使われており、縁と葉脈には金が使われている。

薬師として薬草を取り扱うヴァイオレットはその形と、シュヴァリエの目の色によく似たサファイアが使われていることから、その髪飾りに目を奪われたのだ。

「ほう。ヴァイオレットはセンスが良いな。確かにこれは可愛らしい」

ヴァイオレットがセンスを褒められたことに喜んでいると、シュヴァリエが店主に声を掛ける。店主に手に取っても良いかを確認すれば、大丈夫のようで、シュヴァリエは葉っぱの髪飾りを手に取った。

そして、ヴァイオレットの帽子を優しく取ると、その髪飾りをヴァイオレットの耳の上あたりに近付けた。

「ああ。貴女の美しい髪に本当に良く似合う」

「あ、ありがとうございます」

「ヴァイオレットならば何を着けても似合うだろうから、他に気になったものがあるならそれも見てみよう。時間は沢山あるからな」

それからヴァイオレットはシュヴァリエの言葉に甘えて、店内を細かく見て回ったが、結局なにも買わなかった。

その後、アクセサリー店を出た二人は中央通りをゆっくりと歩いていた。

ときおりヴァイオレットが興味深く見つめる店にシュヴァリエが「入ろうか」と気を利かせてくれるので、ヴァイオレットは過度に遠慮することなく街を楽しめた。彼には感謝で胸がいっぱいだ。

ヴァイオレットは感謝の気持ちを伝えるべく、「あっちの店には――」と説明してくれているシュヴァリエが話し終えたタイミングで、声をかけた。

「シュヴァリエ様、私が気を遣わないように気にかけてくださったり、質問には優しく答えてくださったり……感謝申し上げます。アクセサリー店では沢山美しいものに触れられて、とても楽しかったです。今日は誘っていただいて、本当にありがとうございます」

「俺は楽しそうなヴァイオレットを見られて幸せだ。むしろ、俺こそありがとう」

「～っ」

敢えてだろうか。絡ませている指に僅かにキュッと力を加えたシュヴァリエにドキドキした。

直後、ヴァイオレットたちはそろそろ昼食を摂ろうとレストランに入った。

互いに多忙なため、いつもは一緒に摂れない昼食を存分に楽しむと、二人はもう一度中央通りへと戻った。

「一本奥の道に入ると、ここほど活気はないが珍しい品を売っている店が多いんだ。行ってみるか？」

「はい！　シュヴァリエ様が宜しいのでしたら、是非！」

それからヴァイオレットは、シュヴァリエに手を引かれて一本奥の裏通りへと足を進めた。

治安がとても良いリーガル帝国では、一本奥の道に入っても、人通りがやや少ないだけで危険な雰囲気はない。

それに遠くには護衛が、隣にはシュヴァリエがいるため、ヴァイオレットには不安なんて欠片もなかった。

むしろ、今日はややはしゃぎ過ぎてしまっている気がするので、そろそろ気を引き締めないと、と思っていたというのに。

「……あっ、シュヴァリエ様！　あちらに薬草を取り扱っているお店があるようです……！」

薬草のイラストが描かれた看板を見つけ、そちらを指差すヴァイオレットは白い歯を見せ、淑女らしからぬ笑みを浮かべた。

すぐさま、興奮を隠しきれないというように、シュヴァリエの腕を掴んで、ブンブンと引っ張った。

そんなヴァイオレットに、シュヴァリエは嬉しそうに薄っすらと目を細めた。

「嬉しそうだな、ヴァイオレット」

「その、申し訳ありません、はしたなかったですわね」

「いいや。さっきも言っただろう？　いつもの上品で凛とした貴女も素敵だが、今みたいに無邪気にはしゃぐ姿もとても愛らしい」

「あっ、あいら……っ」

今日は一体何度目だろう。体感では百回を超えるほどに、顔に熱を帯びている気がする。ヴァイオレットがシュヴァリエと繋いでいない方の手で顔を扇げば、シュヴァリエが薬草店の方を見ながら口を開いた。

「あそこはこの国でも一番多くの薬草を取り扱っている店なんだ。連れて来たらヴァイオレットが喜ぶだろうと思っていたが、作戦成功だな」

「えっ……」

「本当はもっと早く街を見せたかった。それに、この店にも連れてきてやりたかったんだが、長期間ハイアール王国に滞在していたせいで、仕事が中々終わらず今日になってしまった。すまないな、ヴァイオレット」

申し訳なさそうに眉尻を下げるシュヴァリエに、ヴァイオレットは急いで話し始めた。

「そんな……っ、謝らないでください、シュヴァリエ様……！　むしろ、謝らなくてはいけないのは私の方で」

「ん？」

　ヴァイオレットは、頭一つ分以上優に高いシュヴァリエの顔を見上げる。

　そして、やや覇気のない声で気持ちを吐露した。

「私、実は……今日はデートという名の視察だと思っていたのです。けれど、シュヴァリエ様はお優しいから、仕事ではなくプライベートであることを強調するために、デートという言葉をお使いになったのだと……」

「……ほう？」

「もしくは、私がダッサム殿下の婚約者だった頃……。あのお方から、外出するくらいなら働けと言われたり、自由な外出のほとんどを禁止されていたりした私のことを知って、憐れに思い、街に連れ出してくれたのかと……」

「待て。それは初耳だ」

　ヴァイオレットの発言に、シュヴァリエは眉間に皺を寄せ、「あの男本当にクズだな……次会ったらどうしてやろうか」とボソリと呟く。

　ヴァイオレットにはそんな彼の声は届かなかったが、代わりにシュヴァリエの表情が険しくなっていることだけは気付いたので、深く頭を下げた。

「シュヴァリエ様のお言葉をそのまま受け取らず、私を喜ばせようとしてくれていたことに考えも至らず、あまつさえ誤解してしまっていたのです。本当に申し訳ありませんでした」

ヴァイオレットが昨夜眠れなかったのは、彼が言ったデートという言葉の意図が気になっていたからだった。

シュヴァリエとの外出が楽しみという気持ちが強かったこともあり、どのような心持ちで今日を迎えれば良いのか悩んでしまったのだ。

（とはいえ、街に着いてからは純粋に楽しんでしまったのだけれど……）

だから、おそらくシュヴァリエの前で変な態度はとっていないはず。それに、デートの目的を勘違いしていたことは言わなくとも構わないかもしれないが、黙っているのはヴァイオレットの良心が許さなかった。

人の純粋な好意を少しでも疑ってしまったのだから、頭を下げるのが筋だと思ったのだ。

「ヴァイオレット、頭を上げてくれ」

「……っ、はい」

いくら人通りが少ないとはいえ、謝罪は人の目を引いてしまうこともあって、ヴァイオレットは顔を上げる。

すると、少し屈んだのか、至近距離にあるシュヴァリエの真剣な顔と、そんな彼の大きな手に頬をするりと撫でられて、羞恥心で全身が沸騰しそうだった。

「あの男の愚行については初耳だが……ヴァイオレットが視察だと思った経緯については

納得した。それに、怒っていないから大丈夫だ」

「ほ、本当ですか……？」

「ああ。だが、二度と誤解されないように、もう一度言っておく。俺はヴァイオレットと共に街を歩きたくて、貴女に喜んでほしくて、貴女の喜ぶ顔が見たくて、デートに誘ったんだ」

「……っ」

そしてシュヴァリエは、少し頬を緩めて言葉を続けた。

「これだけ聞かせてほしい。今のところ、デートは楽しいか？」

「は、はい！　アクセサリー店で一緒に髪飾りなどを見たり、レストランで一緒に昼食を摂ったり、久々に出かけられて、とっても、とっても楽しいです……！」

「はは。それなら良いな。さあ、早く薬草店に入ろうか。ゆっくり見たいだろう？」

「はい……！」

――シュヴァリエとの結婚が決まったのは、彼の唇を奪ってしまったから。

だとしても、彼はこんなにも大切にしようとしてくれている。表面上だけでなく、きちんと仲を深めようとしてくれている。

そんなシュヴァリエの根底にある感情が愛情なのか、ただの情なのかは分からない。

けれど、ヴァイオレットはシュヴァリエの好意が嬉しい。そして、自分の中でどんどんと彼の存在が大きくなっていくことを感じていた。

その後、薬草店に入れば、ヴァイオレットは棚に陳列されている瓶に入った薬草に、今日一番の興奮を見せた。

単純な薬草の数だけでいったら、薬大国であるハイアール王国の方が多いのだが、リーガル帝国は大変水が豊かで綺麗なので、この国でしか手に入らない薬草が数多く存在するのだ。

そんな中でも、ヴァイオレットが手に取ったのは、緑色をした、少し棘がある薬草が入った瓶だった。

「シュヴァリエ様……！　見てください！　これですわ、これ！　このリントという薬草は魔力の乱れを抑える効果があって、魔力酔い止め薬の原料なのですわ！　リントは発見されてからそれほど日が経っていないはずですのに、もうお店に並んでいるのですね」

「ああ。大量にリントが生えている採集場所がこの前見つかってな。どうやら船酔いや馬車酔いにも効果的なようで、実用性が高いらしい。それで、もう店にも出回っているんだ」

なるほど、とヴァイオレットは頷きつつ、興奮冷めやらぬ様子で次々と薬草を見ていく。

（ああ、見慣れたものから珍しいものまで、全て買ってしまいたいわ。それで薬を作ったら、シュヴァリエ様やシェシェ、皆の役に立つんじゃないかしら）

そんなことを考えていたヴァイオレットは、とある陳列棚の前でピタリと足を止め、手

を伸ばした。

（……あ！　これなんて実際に見るのは初めての薬草！　メビウルの森で採れた――名前は……セーフィル。この世に二種類しか発見されていない金色をした葉の一つなのよね。煎じて飲むと……様々な病気や症状を予防するっていう珍しい効果がある。え？　待って……予防……予防!?　じゃああれが作れるかもしれない……！　でも――）

リーガル帝国には魔力持ちの者がいる。そのため、ヴァイオレットがあれを作れば、必ず需要がある。

それに、輸入ではなく国内で生産できるのは、大きなメリットだろう。

新薬の開発も成功すれば、より一層国が豊かになるかもしれない。

しかし、それには持参した調合の器具だけでなく、匂いや成分が漏れないような調合室や、薬を保管する保管庫が必要だ。

もし、新薬を開発するのならば、正直人手もほしいところ。

（設備だけでざっと計算すると……半年後、皇后になった際に私に割り振られた予算の五年分くらいが必要かしら。それに、人件費もいるのよね。私が自由に使って良い予算とはいえ、いざという時に国や民のために使うことも想定すると、これでは貯金ができないから、あまり現実的ではないわね）

ヴァイオレットはそう結論づけると、今日は見るだけ、もしくは趣味の範囲で調合できる程度の薬を買おうと、セーフィルを棚に戻そうとしたのだけれど、シュヴァリエがそれをさえぎった。

「店主、すまないが、ここにある薬草は全て購入できるのだろうか？」

「……!?　シュヴァリエ様……!?」

突然懐からお金を取り出し、「これで足りるか？」と店主と話し始めるシュヴァリエ。

店のものを全て購入される経験なんてないだろう店主は、大きく目を見開いている。

(シュヴァリエ様は別に薬師ではない。それに、然程薬草に興味があるわけではないはずなのに、どうして？)

と、すると、考えられることと言えば――。

「あ、あの、シュヴァリエ様……！　私はそんなに物欲しそうな顔をしていたでしょうか？」

ヴァイオレットはそうとしか考えられず問いかけると、シュヴァリエは一瞬顎に手をやって考える素振りを見せてから、口を開いた。

「ヴァイオレットはとても可愛い顔をして薬草を見ていたが」

「はい!?　いや、えっと、そうではなくてですね……！」

「まあ、なんにせよ、ここの薬草は俺が買い取る。ああ、安心してくれ。このお金は俺の個人的なものだ。あと、薬草は決して無駄にはしないから」

「え？　え？」

結局そのまま、シュヴァリエが何故薬草を大量購入したのかは分からなかった。

それに、シュヴァリエに招集された騎士や従者たちが、購入された大量の薬草にそれほど驚くことなく馬車に積み込む姿に、ヴァイオレットは余計に理由が分からなかった。

薬草店を出て、シュヴァリエとデートをすること二時間ほど経った夕方。

一つも薬草を買えなかったヴァイオレットは若干落ち込んでいたのだが、シュヴァリエが完璧にエスコートしてくれるので、すっかりデートを楽しんだ。

そんなヴァイオレットは現在、彼と共に帰城していた。

ヴァイオレットの部屋まで送るというシュヴァリエに甘え、折角だから部屋でお茶でも……と誘ったのは、ヴァイオレットだ。

「シュヴァリエ様、改めて今日は本当にありがとうございました」

シェシェが淹れてくれたお茶を、ソファーに向かい合って座りながら飲む二人。

ソーサーにカップを戻したヴァイオレットが改めて礼を伝えれば、シュヴァリエもカップから口を離して、ソーサーへと戻した。

「こちらこそ、ありがとう。それとこれを。喜んでもらえたなら嬉しいんだが」

そう言ったシュヴァリエの手には、青色のリボンが付いた、彼の手のひらよりも一回り小さい白い箱がある。彼はその手を、ずいとこちらに伸ばした。

「え？　あの、これは……？」

「今日のデートの記念に、プレゼントを贈らせてくれ。どうか受け取ってほしい」

ダッサムとはそれなりに長い付き合いだったが、仕事や尻拭いを押し付けられることはあっても、プレゼントなんて一度ももらったことはなかった。

（あんなにエスコートをしていただいた上に、プレゼントなんて……。申し訳ないわ）

……けれど、ヴァイオレットは初めての経験に、申し訳なさよりも嬉しさが溢れてきて、

「ありがとうございます……！」と、柔らかな笑顔でその箱を受け取る。

「あの、早速中を見ても構いませんか？」

はやる気持ちを抑えきれずに尋ねれば、クスクスと幸せそうに笑うシュヴァリエ。

彼のもちろんだ、という言葉に、ヴァイオレットは青いリボンを解いて、箱を開けた。

「！　これって……！」

ヴァイオレットは瞠目すると、箱に入っているそれを手に取り、シュヴァリエの顔を見つめた。

「シュヴァリエ様、これ、アクセサリー店で見た髪飾りですよね？　いつ購入されたのですか？　ずっと一緒にいましたのに……」

「ヴァイオレットが他のアクセサリーを真剣に見ている時に、こっそり店主に声を掛けて包んでもらったんだ。欲しいものはどれか聞こうかとも考えたが、それだと貴女が値段や、そもそも買ってもらうなんて申し訳ないと、本音を言わないんじゃないかと思ってな。だから勝手に、ヴァイオレットの反応と俺の好みで選ばせてもらった」

「シュヴァリエ様……」

確かに、事前にプレゼントがしたいと告げられていたら、ヴァイオレットは遠慮していたかもしれない。

それに、この葉っぱの形をした髪飾りは、金とサファイアを使用していて、かつ細工が細かいことで、他のアクセサリーよりも値段が高かった。

もしプレゼント自体を受け入れていたとしても、ヴァイオレットは比較的安価なものを選んだだろう。

プレゼントをしてもらえるのは嬉しいが、いくらシュヴァリエが皇帝という立場であっても、私財をあまり使わせるのは気が引けたからだ。

(でも、シュヴァリエ様は私が遠慮してしまうことまで考えて、これを選んでくれたのね)

単純に、シュヴァリエにプレゼントをしてもらえたことが嬉しい。けれど、一番は——。

「シュヴァリエ様、贈り物をしてくださってありがとうございます……！　この髪飾りは、一番素敵だと思っていたので嬉しいです。けれど一番は……私のことを考えて、この髪飾りを選んでくださったことが嬉しいです……！」

自身の胸の前で、髪飾りを優しく両手で包み込むヴァイオレット。

まるで花が咲いたように微笑む彼女にシュヴァリエは一瞬目を見開いて、ヴァイオレットに手を伸ばした。

「シュヴァリエ様……？」

顔に向かってゆっくりと伸びてくる、シュヴァリエの大きな手。突然のことにヴァイオレットが体を硬直させる。

そうすれば、彼の指先がヴァイオレットの顎を優しく掬った。

（えっ……）

それはまるで、キスをされる時の動作のようだ。ヴァイオレットは一瞬頭が真っ白になる。

同時に、シュヴァリエの手の動きはピタリと止まった。

そして、その手を引いて自身の口元を覆ったシュヴァリエは、頰に僅かに赤色を覗かせると、ぽつりと声を零した。

「すまない、自分でも驚いている。……その、少し、箍が外れそうになった」

「え、えっと……」

「笑ったヴァイオレットがあまりに綺麗だったから、貴女に触れたくて……。キスをしたくなって……勝手に手が動いた」

「……っ!?」

直後、繰り返し「すまない」と謝るシュヴァリエに、ヴァイオレットは首を横に振ることで精一杯だった。

それから少しして、冷静さを取り戻した二人。

まだ少しだけ気恥ずかしそうなシュヴァリエに、ヴァイオレットが話しかけた。

「この髪飾り、今度着けて会いに行きますね」

「ああ。楽しみにしている」

そんな会話の直ぐ後、不意に聞こえたノックの音。

シェシェが対応すれば、執事と少し話をしてから、ヴァイオレットたちのもとへ戻ってきた。

「皇帝陛下、お話の最中に大変申し訳ありません。ヴァイオレット様、こちらを」

「？」

シェシェが申し訳無さそうに話しかけてくるので、どうかしたのだろうかと思ったのだが、彼女に手渡された手紙の差出人の名前を見て、ヴァイオレットはパッと表情に花を咲かせた。

「まあ！　お父様からのお手紙だわ……！」

「はい。ヴァイオレット様のご家族からのお手紙は、最優先でお渡しするよう皇帝陛下から命じられておりますので……お話のお邪魔(じゃま)するのは大変心苦しかったのですが……」

心底申し訳なさそうに話すシェシェに、シュヴァリエは小さく頷(うなず)いた。

「命じたのは俺で、シェシェはそれに従っただけだから謝罪の必要はない。早くペーパーナイフを用意してやれ」

「かしこまりました」

シュヴァリエはそう言うと、残りのお茶を飲み干して、おもむろに立ち上がった。

「ヴァイオレット、家族からの手紙が気になるだろう？　俺は自分の部屋に戻るから、ゆっくり読むと良い」

シュヴァリエに続くように、ヴァイオレットも立ち上がった。

「そんな、さすがにそれは申し訳ありませんわ。お部屋に来ていただいて少ししか経(た)っていませんのに……それに、お礼もまだ全然足りて――」

ない、という言葉がヴァイオレットから発せられることはなかった。

シュヴァリエのずいと伸(の)びてきた手――人差し指に、唇(くちびる)をふに、と押さえられてしまったからだ。

「何度も言うが、俺はヴァイオレットが幸せで、貴女の笑顔が見られたらそれで構わない」

「……っ」

そんなふうに言ってもらえるのは嬉しい。シュヴァリエの指が唇に触れるのだって、ドキドキする。そのはずなのに、ヴァイオレットは胸にチクリとした痛みを覚えた。

(でも私を好いてくれているわけではないのよね……)

「ではな、ヴァイオレット。今日はゆっくり休んでくれ」

その言葉を最後に、シュヴァリエはヴァイオレットの唇から手を離すと部屋から退出していった。

「それにしたって、今のは反則よ……」

そう、頬を染めて呟くヴァイオレットに、シェシェはおさげをぴょんぴょんと跳ねさせながら口元のニヤつきを抑えていた。

それからヴァイオレットは落ち着きを取り戻すと、ソファーに腰を下ろし、早速父からの手紙を読むことにした。

(ふふ……お父様ったら、私への心配ばかりね。あ、二枚目はお母様じゃない！　お母様は、しっかりと薬を飲んでいるみたいね……あっ、三枚目はエリック！　毎日勉強を頑張っているのね……偉いわ)

家族からの手紙にほっこりしつつ、読みながらなんて返そうかとヴァイオレットは頭を働かせる。

しかし、エリックが書いた手紙の次——四枚目を読み始めると、ヴァイオレットの周りの空気が、徐々に緊張感に包まれた。

「ダッサム殿下の、その後——」

「父上！　先程家臣たちが話しているのを聞きました！　どういうことなのですか！」

ヴァイオレットが手紙を読んでいるのと同時刻。

ハイアール王国の宮殿——国王の執務室にて、激昂するダッサムの声が響き渡った。

「ダッサム——お前は……そんなことも分からないのか」

「分かりませんよ！　王太子である私がいながら……何故弟のナウィーが王太子になるかもしれないなんて話になっているのですか！　それも、父上はその噂を一切否定していないそうではないですか！」

ダッサムには弟が一人いる。同じ両親を持つ正真正銘の兄弟で、第二王子のナウィーだ。

彼はとても優秀だったが、まだ八歳と幼いことから、今までダッサムが次期国王になるのを阻むような存在ではなかった。

それはダッサム個人の感覚の話ではなく、ナウィー本人も兄上が王位を継ぐ方が争いも起きないから良いと思う、と公言しているくらいである。

だから、ダッサムとしても、今まで自分が王位につくことは決められた運命なのだと、それが揺らぐことはないのだと信じていたのに。

(何故……！　何故だ！　急になんなんだ!!)

キリキリと音を立てるほど歯を噛み締めるダッサムに、国王はハァと溜息をついた。

「そもそも、お前ではなくナウィーを王太子にという声は昔からあった。だが、お前が長子であること、婚約者のヴァイオレット嬢が大変優秀だったこと、ナウィー自身が兄弟との争いを好まない性格だから、あまり大っぴらに聞こえてこなかっただけだ」

「では何故……！　何故今更ナウィーを王太子にと推す声が広まるのです！　何故父上はそれを窘めないのです！　私を王太子の座から廃するつもりなのですか!?」

「……ハァ。お前は本当に、なんというか……分かっていたつもりだったのだが、私の想像を遥かに超える阿呆なのだな」

国王のそんな言葉に、ダッサムの額には青筋がブチブチと浮かんだ。

「父上……！　いくらなんでもそれは失礼ではないですか!?」

「黙れ。王の前でいきなり捲し立てるように話すお前に、そんなことを言われる覚えはない」

「ぐっ……」

ダッサムが押し黙ると、国王は従者たちに執務室から出て行くよう指示し、椅子に深く座りなおす。

そして、未だに睨みつけてくるダッサムに対して口を開いた。

「ダッサム、よもや一月前の愚行を忘れたわけではあるまいな。友好国の皇帝を殺しかけるなど、本当ならば重罪だ。だが、シュヴァリエ皇帝陛下がヴァイオレット嬢とお前の婚約を解消すれば、直接お前には手を下さないと約束してくださった。ヴァイオレット嬢の父、ダンズライト公爵も、命の危機にあった皇帝がそう言うならと、娘が公の場で恥をかされたというのに、事を荒立てなかったんだ」

「だから！　それは何度も聞きました！　それに、私とマナカはその罰として父上が命じた謹慎処分を受けたてではありませんか！　それでは足りぬのですか!?」

ふんっと鼻を鳴らして語気を強めるダッサムに、国王は我慢ならなかったのか、机をバン!!　と力強く叩く。

ダッサムは「ヒィ！」と驚いて、体を弾ませた。

「足りぬわ!!　あまりに大きな罰を与えればお前の将来に傷が付くと思って、私が公爵に何度も頭を下げて謹慎処分に止めてもらっただけだ！　ど阿呆!!」

「ど阿呆!?」

「それなのにお前ときたら……謹慎が明けたら直ぐにヴァイオレット嬢に会いに行ったな!?　しかも権力を振りかざすわ、ヴァイオレット嬢に掴みかかろうとするわ……謹慎処分を与えても一切反省していないではないか!!」

そう、ダッサムは一切反省などしていなかった。ヴァイオレットがリーガル帝国に行く日に公爵家に乗り込んだのだって、ヴァイオレットのせいで謹慎処分を受けたと文句を言うつもりだったのだから。

「……ぬっぬぅ!! しかし私は、ヴァイオレットに会いに行くなと言われていませんし、あの女が公爵の後ろに隠れるから手を伸ばしただけです! それに、この件についても、もう罰は受けたではないですか! 昨日まで一ヶ月、寝る、食べる、排泄以外の時間は、ずっと父上に言われたとおりに座学の勉強をちゃ〜んと受けましたよ! 偉いでしょ!?」

冗談ではない。本気の本気の本気で、そう平然と言ってのけるダッサムに、国王は頭を抱えた。

「偉いわけあるか! 普通の王族は普段からしていることだ! お前はヴァイオレット嬢に任せきりでなんの勉強もしてこなかった異例中の異例だ阿呆! その上、お前が言う、ちゃ〜んと、は結果が伴っていないんだ!!」

「えっ?」

国王はそう言うと、テーブルの引き出しから一枚の紙を取り出す。

それはちょうど昨日、ダッサムが勉強地獄から解放される日、最後にテストだと言われて解答した答案用紙である。

ダッサムが「それがなにか……？」と尋ねると、国王は立ち上がり、その紙を思い切りダッサムの顔の前に突きつけた。

「良く見ろ！　四点だ四点！　王族ならば九割は解けねばならぬところを、お前は一ヶ月集中的に机に向かっても、百点中四点しか取れていないんだ！」

「そっ、それは……」

「まさかここまで阿呆とは思わなかった！　しかもお前が正解していた問題は魔力酔いと聖女の魔法に関する問題だけだ！　この前の舞踏会の後、私が口酸っぱく教えたこと以外はお前の頭に入っていないんだ！　お前はこの一ヶ月……一体なにをしていたんだ!!」

「な、なにって……べん、きょう、を……」

――しては、いなかった。

正直なところ、ダッサムはこの一ヶ月、机に向かっていただけで、一切頭を働かせてはいなかった。

いや、初日の十分くらいは真剣にやろうと思った。だが、今までのつけの成果、基本の基本まで分からず、全く勉強についていけなかったのだ。

しかし、プライドが高いダッサムは、今更基本が分からないなんて言えないので、むしろレベルが低いな！　などと言っていたのである。教師が言う言葉のほとんどは、異国の言葉に聞こえるくらいには、本当に分からなかった。

さすがになにも言えなくなったのか、俯いて言葉を無くしたダッサムに、国王は何度目かの重たい溜息を零した。

「お前の出来の悪さについてはまあ、良い。話を戻そう。……まず、何故最近ナウィーが王太子に即位するかもしれないという話が広まったかについては、ダンズライト公爵が率先して広めているからだ」

意味が分からないというように、ダッサムは眉間に皺を寄せる。

「そして私は、それを否定することはできない。何故なら、噂を否定せずに黙認することが、お前がヴァイオレット嬢に会いに行った際に起こしたことへの罰を、勉強程度に済ませるための交換条件だからだ」

「な、なんですって⁉　……つまり、どういうことですか⁉」

「ハァ〜〜……」

ここまで言っても分からないダッサムに、国王は呆れてものが言えなくなりそうだ。だが、黙っていてもダッサムが考えるはずはないので国王はぽつりぽつりと話し始めた。

「ダンズライト公爵は初め、ダッサムの王位継承権を剝奪せよと言ってきた。もしくは王籍を抜けさせろとな」

「なっ！」

「それに対して、さすがにそれはやり過ぎではないかと私は反論した。だが、公爵はおそらく私がそう言うのを読んでいたんだろう。それならば、ダッサムの罰を軽くする代わりに、条件を呑めと言われたんだ。それが、ナウィーが王太子に即位するかもしれないという噂を黙認することだった。そして日に日に噂は広まり、今や多くの民にまで伝わっている。……分かるか？　私がその噂を否定しないことは即ち、貴族たちや民たちには、国王はダッサムを王太子から廃して、ナウィーを王太子にしようと思っているのだと、そう思われるということだ」

「ハッ！」

――自分には人徳がない。ダッサム自身、それはなんとなく感じていた。

だが、周りの貴族はダッサムに明らかな反抗を見せることはなかった。ダッサムが、次期国王になること間違いなしだと思っていたからだ。

けれど、ヴァイオレットの父、公爵によってそれは覆された。

国王はナウィーを王太子にしようと考え直し、ダッサムを見限ったのだと、皆がそう思っているのだ。

(そ、そういえば、さっき私を見て家臣たちがクスクスと笑っていた。その時の目は、まるで私を馬鹿にしているようだった。あいつらも私より、ナウィーが王太子になるべきだと思っているのか……！　ザマァみろとでも思っているのか……!?)

以前からナウィーを国王にと推す者がいたのなら、彼らはこの機を逃さないだろう。

ナウィーを王太子にするために、どんな手を使ってでもダッサムを陥れようとするかもしれない。そして、その時ダッサムはそれに対抗してくれる仲間も、能力もない。

（私が……王に、なれない？）

ようやくことの大きさを理解したダッサムは、俯いて、拳をググと握り締めた。

「……なあ、ダッサムよ。私にも弟がいてな、あいつは私よりも優秀だった。私が即位するまでは、弟を王にした方が国のためだという意見も沢山あった。だが、長子継承の歴史に則って、先代の国王は私を王にしてくれた。……そして私も、できればお前を王にしてやりたいと思っている。噂は所詮噂だ。お前が心を入れ替えて、精一杯頑張れば——」

しかし、国王の言葉の続きはダッサムの罵声によってかき消された。

「クソクソクソォ!!　私は、王になるべく生まれてきたのだぁぁ!!」

「……!?　ダッサム!?」

思いもよらぬ現実を突然突き付けられたからか、この時のダッサムには国王の声は届いていなかった。

そのため、ダッサムは一人叫ぶと、思い切り部屋を飛び出した。

そして廊下に出れば、開いた窓から外に向かって再び叫んだ。

「おのれ公爵め……！　いや、元はと言えばヴァイオレットが悪いのだ！　そうだ！　全て……全てヴァイオレットが悪いんだ……!!　許さん……許さんぞ、ヴァイオレット!!」

——次の日。

リーガル帝国、紅葉宮の中庭のテラスで、ヴァイオレットはシュヴァリエと向かい合って座っていた。

「——という内容の手紙が、父から届いたのです」

いつもよりゆっくりとした朝を過ごせるらしいシュヴァリエから、中庭のテラスで共に朝食を摂ろうと誘われたヴァイオレットは、食事の後、昨日父から届いた手紙の内容を話していた。

厳密には四枚目以降の、ダッサムについての記述についてである。

「……なるほどな。ダンズライト公爵がそんな方法でダッサムを追い詰めるとは……」

「はい。おそらく国王陛下がダッサム殿下を次期国王にしたがっていることを知っていたから、陛下に重たい罰を与えることは無理だと判断したのでしょう。ですか父は、直接ダッサム殿下に交換条件を持ちかけたのだと」

「……策士だなあ、公爵は」

——たかが噂、されど噂。

今回の件でダッサムが国王に即位する可能性が無くなったわけではないが、確実にその可能性は減ったことだろう。

いくら聖女マナカを婚約者の座に置いているとしても、彼女も謹慎処分を食らった身だ。おそらく以前と比べ、聖女を崇める存在は少なくなったはず。

愚かで求心力のないダッサムと、汚点がついた聖女マナカより、幼いが優秀であるナウィーを王太子にしようという声が日に日に大きくなるのは想像に容易い。

そして、そのような声は大きくなればなるほど無視ができなくなる。

何故なら、内乱が起こるリスクが高まるからだ。

逆に、今なら国王はダッサムを切っても、それほどデメリットはない。痛むのは親としての心くらいだろうか。

「だが、問題はナウィー殿下だ。彼はダッサムを押し退けてまで王になるつもりはないのだろう？」

「はい。あのお方はそう公言しておられますが、それは全て、無駄な争いを避けるためなのです。争いが起こって割を食うのは民だから、と。以前、ナウィー殿下がそう話してくださいました。それに、あのお方は齢八歳にして三カ国語を話すことができ、補佐官つきではありますが、既に公務も完璧にこなしています。民のことを思いやり、大変聡明であられるナウィー殿下ならば、時が来ればきちんと判断できるはずですわ」

「……なるほど」

ハイアール王国では、即位するのに年齢の制限はない。

それならば、早々にナウィーが即位し、ダッサムがなにか反旗を翻す前に彼を切り捨て、ナウィーを中心に国を一枚岩にすることが、ハイアール王国のためになるだろう。

「……私は過去にダッサム殿下の婚約者でしたから、彼をお支えする立場にありましたが、正直このような状況になってホッとしています。……ダッサム殿下は、王になる器ではありませんから」

ヴァイオレットのそんな言葉に、シュヴァリエは「同感だ」と言って、食後の紅茶を飲み干す。

そしてヴァイオレットは、瞳を陰らせたまま、再び口を開いた。

「ダッサム殿下は昔から自分が王になるのだと信じて疑っておりませんでした。そのため、このような状況になって私を恨んでいるかもしれません」

「何故？　ヴァイオレットはなにも恨まれるようなことはしていないだろう？」

心配そうな瞳を向けるシュヴァリエに、ヴァイオレットは控えめに笑みを浮かべた。

「……あの方は昔から、なにかあると全て私のせいにするのです。父もそのことは知っているので、手紙の最後には念の為にダッサム殿下には気を付けなさいと書かれていました」

とはいえ、ここはハイアール王国ではなくリーガル帝国だ。

ダッサムもなんの理由もなしにおいそれとは来られないだろう。

「さすがに、それは父の心配のし過ぎだとは思います。申し訳ありません、今の話は聞き流してくださいね」

「……いや、俺も公爵には賛成だな。あの男は謹慎明け直後にわざわざ文句を言うために公爵家に乗り込んできたようなやつだ。用心するに越したことはないだろう」

「確かにそうですわね……。分かりました」

とはいっても、城の警備は万全だ。ダッサムがこの城に忍び込めるとは到底思えない。

それに、ヴァイオレットは自身が次期皇后であることを自覚しているので、一人でふらっと街に行くこともなければ、常に警護がついているので危険が及ぶ可能性なんてほぼない。――だというのに。

（……どうして胸騒ぎがするのかしら）

無意識に眉尻を下げるヴァイオレットを前に、シュヴァリエはおもむろに立ち上がった。

「不安な顔にさせてすまない。なんにせよ、貴女のことは俺が守るから大丈夫だ。だから、あまり悩まなくて良い」

「……っ、は、はい。頼りにしております、シュヴァリエ様」

それなのに、シュヴァリエにこう言われるだけで、不安が吹き飛んでしまうのだから、不思議なものだ。

ヴァイオレットはふわりとした笑みを浮かべると、彼を見上げた。

すると、テーブルを避けてこちらに歩いて来たシュヴァリエが手を差し出してくるので、ヴァイオレットはなんだろうと思いながらも、彼の手を取って立ち上がった。

「一旦あの男の話は終わりにして、少し俺に付いて来てくれないか？」

「？　はい。もちろんですが……」

「じゃあ、こっちだ。そんなには歩かないから」

「？」

シュヴァリエが歩き出した方向は、中庭から東――湖がある方向だ。

（そういえば以前、このお城の全体を把握するために、湖には一度だけ出向いたわね）

その時は確か、湖の近くで建物を建てているのを見かけた。

（あの頃はとにかく敷地内外のことをきちんと覚えようということで精一杯で、なにを建てているのかまで考えが及ばなかったけれど、一体なんだったのかしら？　完成したなら一度見てみたいわね）

ヴァイオレットはそんなことを思いつつ、朝の気持ち良い空気を感じながら、シュヴァリエと共に歩みを進める。

（こういう穏やかな時間も、たまには良いわね……って、あ、もう一つお話ししたいことがあったんだわ）

　とあることを思い出したヴァイオレットは、シュヴァリエに話しかけた。

「シュヴァリエ様、一週間前に会議で議題になった、大災害に見舞われた時の対応について、私なりに対応策が思いついたのでお話ししたいのですが、聞いていただけますか？」

「構わないが……どうしたんだ？　突然」

「いえ、実は前から対応策については考えていたのですが、提案できるくらいの材料を集めるのに時間がかかってしまって……。それと、今日は手紙の件もありましたので、このタイミングになりました」

「そうか。……で、その対応策とはなんだ？」

　シュヴァリエがそう問いかけた時、程よく暖かな風がぶわりと吹く。

　ヴァイオレットは乱れた髪の毛を片手でさっと直してから、隣にいるシュヴァリエに視線を移した。その時、ヴァイオレットはハッと気付いた。

（お、おでこが見えていらっしゃるわ……！　なんだか可愛い……）

　風の影響で乱れたシュヴァリエの前髪。そこから覗く額が見えた姿は、なんだかいつもより幼く見えて、ヴァイオレットはキュンとした。

「ヴァイオレット？　どうかしたか？」

「い、いえ！　なんでもありませんわ……！」

　シュヴァリエに話しかけられたことで、ヴァイオレットは我に返った。

（いけないいけない、今はシュヴァリエ様に見惚れている場合じゃないわ……！）

ヴァイオレットはブンブンと首を横に振り、冷静さを取り戻してから口を開いた。

「そもそもなのですが、リーガル帝国では過去に大災害に見舞われた際、友好国であるハイアール王国から聖女を派遣してもらい、多くの民の傷を癒やしてもらったという記述が残っていますよね。今でもその条約は締結されているはずです」

「ああ、そのとおりだ」

「けれど、その時は魔力酔いについて明らかになっておらず、魔力を持っている一部の民は魔力酔いにより命を失った……。もちろん、聖女による恩恵の方が大きかったわけですが……」

「ああ、そうだ。それが発端となり、一部の学者が魔力酔いの存在を明らかにした。それからリーガル帝国では有事の際に備え、国民全員が魔力の有無を調べるようになっている」

現在、リーガル帝国では魔力持ちの人間はリスト化されており、それは城で管理されている。

もしもまた大災害が起こり、どうしてもハイアール王国から聖女の助力を受けなければならない時に、魔力持ちが聖女の魔法の被害に遭わないよう対応するためだ。

「しかし、それでは根本的な解決にはなっていないと思うのです。医学の発展はもちろんですが、魔力持ちの方でも、聖女の魔法の恩恵を受けられれば、格段に被害は小さくなります」

「それはそのとおりだな。それならば、ヴァイオレットが俺に飲ませてくれた魔力酔い止め薬を、聖女が派遣された際に民に配布する――いや、大災害の直後にそんな余裕はないな。おそらく、魔力酔い止め薬が彼らの手元に渡る前に、死者が出る。かと言って事前に配布しても、魔力酔いが起こってから自らの意思で飲むのは困難だろう」

「はい。ですから、有事が起こる前に、魔力持ちの方でも聖女の魔法の恩恵を受けられる状態にしておく――つまり、魔力酔いをする人間をなくす、または魔力酔いの症状を軽度にすることが、民の生命を救う最善の手ではないかと。……まだ机上論ではありますが、その方法を思いついたのです」

「……！」

瞠目するシュヴァリエに、ヴァイオレットは対応策について語り始めた。

「シュヴァリエ様、予防薬って、ご存じですか？」

「予防薬……？　それはなんだ？」

「つい三ヶ月ほど前、ハイアール王国にいた頃、数名の国家薬師たちと新たな薬の形を考案し、そう名付けたものなのですが……」

ヴァイオレットたちが名付けた予防薬とは、簡単に言うと色々な病気を予防できる薬のことだ。

材料によって予防効果は変わる。症状が出る前に予防薬を経口摂取することによって、いざという時に症状が出なかったり、その症状を著しく軽減させたりすることができる。

ヴァイオレットがシュヴァリエに対してそう説明すると、彼は「信じられない……」と声を漏らした。

「予防薬……。そんな夢のような薬がこの世に存在するのか？」

「はい。たとえば流行り病などには、その病に効く薬草と、予防効果のある薬草を組み合わせて調合します。現在副作用もほとんど出ていません。ハイアール国では既に、流行り病に対する予防薬が数百名に処方されていて、予防薬を接種したことによる大きな問題点も出ていません。流行り病に大幅にかかりにくくもなりました。もし罹患しても、かなりの軽症で済んでいます」

「凄いな……それは。だが、今回は魔力酔いに対する予防薬なのだろう？　作れるのか？」

シュヴァリエの疑問は至極尤もだった。

病気と魔力酔いは、症状は似ているものの、根本的に似て非なるものだからだ。

けれど、ヴァイオレットは淡々とした口調で言い切った。

「実は、魔力酔いの薬を作った時、魔力酔いに対する予防薬も必要になるのではと思い、いくつか試作したことがあったのです。結果……治験を行い、安全性は確認され、私の経験上、効果も問題ないかと」

「……！」

「けれどリーガル帝国に来て、災害時の対応について考えている際に気付いたのです。魔力持ちの国民に行き渡るよう作るには、私が手配できる薬草だけでは数が足りないことに」

魔力持ちが人口の約一パーセントといっても、大帝国であるリーガルの全人口から考えて、予防薬の必要数は膨大になる。

対して、ヴァイオレットが魔力酔いの予防薬を作る際に用いたのは、魔力酔い止め薬の時にも使ったリントと、ハイアール王国に生えている、レメンという数が非常に少ないもので、様々な病気や症状に対して予防効果のある薬草だった。

ハイアール国には予防効果のある薬草はレメンしかなく、当時は他国にも予防効果のある他の薬草は流通していなかったのである。

「しかし、最近見つかった新しい薬草――レメンと同じで様々な病気や症状の予防効果が期待できる、金の色が特徴のセーフィルの存在を知りました」

「……！　街に行った時にヴァイオレットがよく見ていた薬草か！」

やや声が大きくなったシュヴァリエに、ヴァイオレットは力強く頷いた。

「そうです。実は昨日、薬草店の店主に尋ねたのですが、需要が分からないためそれほど多くの数は仕入れていないだけで、森には大量に生えている採集場所があるそうです。立ち入るのも自由だそうなので、セーフィルの確保には困らないかと。それに、魔力酔い止めにも使ったリントも採集場所が見つかったとシュヴァリエ様が仰ってましたよね。ですから、魔力酔いを予防する予防薬の製造に、必要な素材をそろえる目途が立ったのです」

――そう、嬉しそうにヴァイオレットが語った時だった。

「ヴァイオレット……！」

「きゃあっ……！」

シュヴァリエに繋いでいた手を離されたと思ったら、すぐさま力強くヴァイオレットは抱き締められた。

（えっ、な、何故……!?）

突然のことへの困惑と、好感を抱いているシュヴァリエに抱きしめられたことへの恥ずかしさと、つい出てしまう嬉しさで、頭がぐちゃぐちゃになる。

その結果、婚約者として彼の背中に腕を回すべきなのか、いや、それともこのままプランと下ろしておくべきなのか、なんてことをぐるぐると考えてしまう。

「ヴァイオレット……！　貴女は本当に最高の女性だ！　民のためにここまで考えてくれていたなんて……。この国を統べる者として、心から貴女に感謝し、そして貴女を誇りに思う」

「……っ、シュヴァリエ様、お、お待ちください……！」

けれども、そんなふうに感謝の言葉を述べられたら、誇りとまで言われたら、頭の中のぐちゃぐちゃはクリアになった。

それと同時に、きちんと伝えなければいけないことがまだあるからと、ヴァイオレットは自然と言葉が零れた。

「大変言いにくいのですが、この予防薬の大量生産にはまだ問題が山積みなのですわ。……その薬を生産するための調合室と、薬を保管する保管庫、それと調合するのをサポートしてくれる人手がほしいのです。それらが全て揃わないと、いくら材料があっても……」

「分かった。その全てが揃えば、他に懸念はないのだな？」

「ええ、とりあえずは……けれど」

薬草をすり潰したり、水をろ過したりするなどの作業は単純であるため、人員の確保はそれ程難しくないかもしれないが、調合室と保管庫はわけが違う。

国庫を使えば金銭的な問題はクリアできるだろうが、そもそも建設に時間がかかる。それに、調合室は普通の民家とは造りが違うため、ノウハウがいる。

ハイアール王国は薬大国なので、そのノウハウを持った大工が沢山いるわけだが、リーガル帝国ではそうはいかないはずなのだ。

ヴァイオレットはこのことをシュヴァリエにしっかり伝えなければと思い、口を開こうとしたが、先に話し始めたのはシュヴァリエだった。

「それならば、問題ないな」

「えっ?」

「ここからならばギリギリ見えるか……。ヴァイオレット、振り返って湖の傍の建物を見てみろ」

そう言ったシュヴァリエが抱擁を解いてくれたので、ヴァイオレットは彼の分厚い胸板から、湖の方に視線を向けた。

「あら? 以前は建設中だったはずですが、もう完成したのですか?」

そこにあるのは平民の一軒家程度の大きさの建物だ。側面には小さな窓が付いている。外見を見る限りは、既に出来上がっているように見えた。

ヴァイオレットの問いかけに、シュヴァリエは「ああ」と言ってもう一度彼女の手を掴んだ。

「設備も全て整えてあるから、早く見に行こう」

「設備? 設備って一体――」

ヴァイオレットの問いかけを遮るようにして、シュヴァリエは彼女の手を掴んだまま湖の近くの建物の方へ足先を向けた。

「ヴァイオレット、とりあえず質問は後だ。今はついてきてほしい」

「? は、はい」

(……? あの建物になにがあるのかしら)

そんな疑問を抱いたヴァイオレットだったが、シュヴァリエに手を引かれて建物まで歩いて行く。

数分足らずで到着し、扉を開けて中を見れば、驚きの声を上げた。

「これは、調合室……！」

ハイアール王国にいた頃、屋敷の敷地内にあった調合室と造りが酷似している。

部屋の真ん中にある大きな木のテーブル。

その近くには調合機器を置くための棚があり、新品と思われるすり鉢などの調合機器が置かれている。

それと、本格的に調合するには欠かせない、ヴァイオレットの背丈よりも大きな保管庫まである。

ヴァイオレットは興奮冷めやらぬ様子で室内を見回しながら歩くと、シュヴァリエに声をかけた。

「こちらの保管庫、開けても構いませんか？」

「ああ、もちろん」

ヴァイオレットの顔を見て嬉しそうに笑みをたたえるシュヴァリエ。

許可を得たのでヴァイオレットが保管庫の中を確認すれば、瓶に入った大量の薬草が既に置かれていた。その薬草の数と種類に、ヴァイオレットはハッと気が付いた。

「この薬草って、昨日街に行った時のものですか……？」

「ああ、昨日の時点で保管庫ができていたから、購入しておいた」

（なるほど……。これで疑問が解消されたわ）

ヴァイオレットが納得の表情を見せると、シュヴァリエが続いて口を開いた。

「人員の確保も直ぐに行おう。可能な限り準備したつもりだが、もしもなにか足りないものがあったら教えてくれ。すぐに手配する」

「あ、ありがとうございます！　……って、そうじゃなくてですね！」

つい望んでいたものが目の前にあるので興奮してしまっていたヴァイオレットだったが、そんな自身に待ったをかける。

まずは尋ねることが先ではないかと、慌てて口を開いた。

「シュヴァリエ様！　どうしてここに調合室と保管庫があるのですか？」

再三だが、調合部屋の建設は一朝一夕でできることではない。時間も、職人の技術も、金銭も必要なのだ。

ヴァイオレットの問いかけに、シュヴァリエはフラスコを手に取りながら答え始めた。

「以前、ヴァイオレットは、リーガル帝国でも薬師としてできることをしたいと、俺に言っただろう？　その時に、貴女が薬師の仕事に誇りを持っていたことを改めて知った俺は、ヴァイオレットが薬師として活動できたら喜んでくれると思って、この場所に薬の調合に必要な施設を整備しようと思ったんだ」

「えっ」

「大臣たちには、貴女が薬師として大変優秀だったから、リーガル帝国に来てもその才腕を振るえるように調合の設備を整えようと提案した。国益に繋がると思うとも伝えれば、だれも反対はしなかった。そして、本格的な調合には必ず必要である、調合室と保管庫の建設を始めさせたんだ」

国益に繋がるかもしれないという話でも反対の声が上がらなかったのは、ヴァイオレットの薬師としての能力が認められているということだからだ。

それだけでも、とても嬉しかったというのに、喜ばせようと思っていたなんて言われたら、胸が熱くなる。

「調合室や保管庫の独自のノウハウについては、ダンズライト公爵に頼んで、公爵家の敷地にある調合室と保管庫を造った大工を紹介してもらった。彼らにはリーガル帝国で建設に携わってもらい、予算については国費からまかなった。……今まで内緒にしていたのは、単純に貴女の驚いた顔が見たかったからだ」

シュヴァリエは少し顔を傾けて、ヴァイオレットの顔を覗き込む。

「どうだ？　驚いたか？」

「……っ」

悪戯をする少年のような表情で、シュヴァリエはそう問いかけてくる。

ヴァイオレットがコクリと頷けば、彼は白い歯を見せて無邪気に微笑んだ。

そんな彼の表情を見たヴァイオレットは心臓がチクリと痛んだ。

(なんなの、この感覚……)

シュヴァリエは、いつもそうだ。いつも、ヴァイオレットのことを思ってくれている。

笑顔が見たい、喜ばせたい、その姿が見られるのは嬉しいとそれが、幸せなのだと——屈託のない笑顔を見せてくれる。

そう思ってくれるのは嬉しいのに、同時に、何故か胸が苦しい。

きっと、好きだと、愛していると、ヴァイオレットだから妻にしたかったのだと、もしも、そう言われたら——。

(そうしたら、私の胸の苦しみは消えるはずなのに。……って、どうして？　どうして、シュヴァリエ様に愛の言葉を囁かれたら、私の胸のつかえが取れるというの……？)

ヴァイオレットはそう、自問したのだけれど。

(……きっと答えが出たら、辛くなる)

それだけは理解できたので、ヴァイオレットは一旦思考を放棄した。

自身の中で日に日に大きくなっていくとある感情がなんなのかを自覚しても、シュヴァリエが同じ気持ちじゃなかったら、胸が張り裂けてしまうかもしれないと思ったからだ。

「シュヴァリエ様、お気遣いいただいて、本当にありがとうございます。私、とても嬉しいです」

だから、ヴァイオレットはできるだけこの思いが溢れないようにと、冷静を装って、深く頭を下げた。

「……良かった。それに礼を言うのは俺の方だ。改めて、国や民のことを思いやってくれて、本当にありがとう、ヴァイオレット」

「……当然、ですわ。だって私は、シュヴァリエ様の、婚約者なんですから」

振り絞った言葉に対してシュヴァリエは、やや頬を赤らめてはにかんだ。

どこか嬉しさが出るのを耐えるようなその表情に、ヴァイオレットは若干困惑を覚えた。

「ヴァイオレット、すまない。さっきのもう一度言ってくれ。貴女は誰の婚約者なんだ？」

「〜〜っ」

その確認をとても甘い言葉だと感じたヴァイオレットは、咄嗟に俯く。

「……なあ、ヴァイオレット。さっきの、もう一度言ってくれないか？　貴女は、誰の婚約者なんだ……？」

二度目の問いかけは、先程よりも声色に意地悪さを孕んでいる。

ヴァイオレットは自身の両手でそっと耳に蓋をして、もうなにも聞こえないからと、抵抗を見せたのだった。

第五章 ★ 調合開始です

——次の日の午後。

午前の会議を終わらせたヴァイオレットは、簡素なドレスの上に白衣を羽織ると、シュヴァリエが手筈を整えてくれた調合室に来ていた。

（さっきの会議で、魔力酔いに対する予防薬の必要性と、私が予防薬を作ることに大臣たちから賛成を得たから、頑張らないと）

ヴァイオレットは書類仕事よりも調合を優先的に行うことになった。

というのも、一応今までヴァイオレットがいない状態で仕事が回っていたことと、彼女が嫁いできてからかなり先の仕事まで進んでいて余裕があること、有事はいつ起きるか分からないため、急ぐに越したことはない、ということで、話し合いはスムーズに行われた。

「ヴァイオレット様、まずはなにから致しましょう？」

「そうね、清潔な水を作るために煮沸をしないといけないから……シェシェには薪の準備をお願いしても良いかしら？　あ、重たいものもあるから、ロンと一緒にね」

「かしこまりました！」

今日、調合室には事前にシュヴァリエが集めてくれた、比較的薬に知識がある者数名と、使用人たちが来てくれていた。ヴァイオレット同様、皆通常の衣服の上に白衣を羽織っている。

ヴァイオレットの専属侍女のシェシェと、公務で多忙なシュヴァリエの代わりにロンも参加してくれており、稼働し始めたばかりの調合室はとても賑やかだ。

皆、ヴァイオレットの指示に従ってキビキビ働いているので、この分なら想像していたよりも早く予防薬が出来上がるかもしれない。

「さて、次にすることは——」

皆に指示をしながら、ヴァイオレットは保管庫を開く。

昨夜、皆に一度完成品を見てもらおうと、事前にリントとセーフィルで作っておいた予防薬入りの瓶を手に取った。

すると、「ヴァイオレット」と入口の方から名前を呼ばれたので、そちらに視線を向けた。

「それが魔力酔いの予防薬か？」

「シュヴァリエ様……！　どうしてこちらに！　今お仕事中では？」

「ヴァイオレットが今まで頑張ってくれていたおかげで、急ぎの仕事は少なくてな。皆で一日切り上げて、様子を見に来た」

「皆……？」

シュヴァリエがそう言って自身の背後を指差すので、ヴァイオレットもその方向に視線を移す。そこには、こちらをキラキラとした目で見ている大臣たちの姿があった。

「……！　貴方たちまで……！」

「ヴァイオレット様！　私たちもお手伝いしますぞ!!」

「「「しますぞ!!」」」

「ま、まあ……！　心強いわ、ありがとう」

それからヴァイオレットは調合室に入る前にシュヴァリエたちに手を洗ってもらい、事前に調合室に数多く準備しておいた白衣を手渡した。

その後、大臣たちにも仕事を割り振ったヴァイオレットは、シュヴァリエに向き直った。

「シュヴァリエ様、こうやって皆で予防薬を作れるのも、シュヴァリエ様のおかげですわ。改めて、本当にありがとうございます」

「俺は場所や機材を準備しただけだ。予防薬を作る技術も、皆が貴女を手伝いたいと言うのも、全てヴァイオレットの力だ。……ヴァイオレットの人柄や、これまでの貴女の頑張りのおかげなんだよ」

「……っ」

そう言って頭にぽんと手を置いて、優しく撫でてくるシュヴァリエに、ヴァイオレットはされるがままに俯いた。

調合室に入る使用人や大臣たちが生暖かい目でこちらを見ているであろう気配は、きっと気の所為だろうと、そう思いながら。

予防薬を作り始めて十日が経った頃。

手伝ってくれる人手が多いこともあってか、予定よりもかなり速いスピードで、ヴァイオレットたちは予防薬を作っていった。

現在で予定数の八割くらいが作れており、かなり順調に来ていたのだが、保管庫の中を確認したヴァイオレットは暗い声を出した。

「やっぱり……。このままだとセーフィルが足りないわね」

「えっ？　それは大問題ではないですか!?　ヴァイオレット様！」

慌てた様子のシェシェのおさげが激しく揺れる。

ヴァイオレットは、うーんと顎に手をやった。

——以前、街に出かけた際にシュヴァリエが大量に購入してくれた薬草の中にあった、リントとセーフィルを使い、当初は予防薬を精製していた。

予防薬一つにあたり二つの薬草がどれくらいの量がいるのかは、大体把握出来ていたの

である。定期的に薬草店に行って薬草を補充していたのだけれど、とある問題が発生したので

「実は昨日、シュヴァリエ様の部下の方が薬草店にセーフィルを買いに行ってくれたのだけれど、セーフィルが入荷していなかったの。どうやら、約一ヶ月後の僅かな間にしか採れない貴重な薬草の生長が早まったみたいで、採集者たちはその薬草を採りに行かなければならなくなったらしいのよ。それで、セーフィルの採集に人員を割けなくなってしまったみたいで、しばらく入荷の目途が立たないらしいわ」

「それは……致し方ないとはいえ、困りましたね……」

小首を傾げるシェシェに、ヴァイオレットはコクリと頷いた。

「ええ。彼らを待っていては予防薬の完成がいつになるか分からないから、どうしようか考えているのよね。予防薬は作って終わりではなく、皆に飲んでもらうところまでが大事だから」

「なるほどです……」

頭を大きく左右に振りながら悩むシェシェ。そんな彼女の近くでヴァイオレットも顎に手をやって頭を悩ませた。

（やっぱり、シュヴァリエ様に一度相談するべきかしら）

シュヴァリエは皇帝として公務が忙しい。

そんな彼の時間を奪ってしまうのは大変申し訳ないが、彼ならばきっと共に対策案を考えてくれるのではないかと、ヴァイオレットはそう思った。

(……うん。予防薬はこの国にとって重要な案件。それに、シュヴァリエ様はとてもお優しい方だから、今から相談に行きましょう)

そう決めたヴァイオレットは、シェシェと共に城内に戻る。

それから、執務室の前でシェシェと別れ、扉をノックした。

「シュヴァリエ様、失礼します」

入って構わないとの返答があったので、ヴァイオレットは執務室に足を踏み入れる。

大臣たちは出払っており、二人きりの執務室。

ヴァイオレットがシュヴァリエの前まで歩けば、彼は手を止めてヴァイオレットと目を合わせた。

「どうしたんだ？　ヴァイオレット」

ヴァイオレットは、忙しい中、申し訳ありませんと謝罪してから、本題を切り出した。

「実は、予防薬についてなのですが――」

それからヴァイオレットは、プロの採集者たちが出払ってしまい、セーフィルの採集ができなくなってしまったことと、採集者たちがいつ帰還するか分からないことを伝えた。

すると、シュヴァリエは「そうか……」と呟くと、腕組みをして考え始める。

それから、ヴァイオレットの体感では約一分後、シュヴァリエはなにかを思い出したように目をカッと開いた。

「ヴァイオレット、それなら俺たちでセーフィルを採りに行くのはどうだ？」

「……！　確かに、ここから一番近いセーフィルの採集地であるビムスの森は危険が少なく、採集地に向かうのはプロの採集者でなくとも可能ではあります。けれど、一つ問題が……」

「問題？　なんだ？」

シュヴァリエの問いかけに、ヴァイオレットは間髪を容れずに答えた。

「セーフィルの採集場所にはもう一つ、セーフィルと見た目が酷似した、金色の薬草が生えているのです。どこの生息地でも同じように二つの薬草が近くに生えていることは既に確認しています。そして問題なのが、そのセーフィルではない方の薬草には、触れたものを腐敗させる効果があるらしいのです」

つまり、セーフィルとそれに酷似した薬草を採集した際、同じ籠に入れてしまうと、セーフィルが腐ってしまうということだ。

それでは、せっかく採集してもセーフィルを新鮮な状態で保管庫まで運ぶことができなくなってしまう。

「……そうか。なら逆に言えば、採集者と同じくらい薬草を目利きできる人間がいれば、セーフィルの採集に我々でも向かえるということか？」

するとと、シュヴァリエは思いの外明るい表情で、ヴァイオレットの発言を聞き返す。

「そ、それはそうなのですが……」

「それならば、問題ないな」

何故、シュヴァリエの表情や声、言葉にこれほど自信があるのだろう。

ヴァイオレットがやや怪訝そうな目でシュヴァリエを見つめると、彼はニッと口角を上げて口を開いた。

「ここにはヴァイオレットがいる。ハイアール王国の国家薬師の資格を持ち、誰よりも薬草や薬に詳しいヴァイオレットが力を貸してくれるなら、なんの問題もないと思うんだが。……違うか？」

「……！」

つまりシュヴァリエは、ヴァイオレットが採集に赴き、セーフィルかそうでないかを判断すれば、問題なく採集できるのではないかと言っているのだ。

「ヴァイオレット。貴女なら可能なのではないかと思ったんだが、どうだ？」

「そ、れは……」

ヴァイオレットはやや眉尻を下げると、胸の前で両手をギュッと握り締める。

そんなヴァイオレットの様子を見たシュヴァリエは、心配そうな声で問いかけた。

「ヴァイオレット、自信がないか……？」

「……確かに、私は国家薬師です。ハイアール国でも今回のように似たような薬草を扱うことには注意していました。それに、予防薬を作り始めてから毎日セーフィルに触れ、香りを嗅いでいますから……見分けはつくと、思います。けれど……」

しかし、ヴァイオレットは薬師であって、採集のスペシャリストではない。

見分けがつくと思うとは言っても、必ずできると断言できる訳ではない。

それでも、今までのヴァイオレットならば、可能かもしれないからと自ら手を挙げていたことだろう。それが国のため、民のためになるかもしれないのだからと。

もし失敗して、後で周りから責められることになったとしても、貴族として、次期皇后としてやった結果ならば、致し方ないだろうと割り切れていたはずだ。

だが、ヴァイオレットは現在、不安で仕方がなかった。

「皆の……シュヴァリエ様の、期待を裏切るかもしれないのが、とても怖いのですっ……。皆に認められ、大切にしてもらったから、失敗を恐れるようになりました。皆から期待外れだと言われたり、落胆の目を向けられたりするかもしれないと思うと、どうしても、怖いのです。私はこの国に来て……弱くなったのかもしれません」

「…………」

「国や民のためには、こんな感情は捨てなくてはいけないのに……私は、最低ですわ」

身を粉にして働くこと。なによりも国益を優先すること。それが一番だということは分かっている。

それでも、ヴァイオレットはシュヴァリエや周りからの期待を裏切って、落胆する顔を見るのが恐ろしい。

皆からの信頼が薄れ、今のような関係性でいられなくなるかもしれないことが怖くて堪らない。

そう話すヴァイオレットに、シュヴァリエはそっと立ち上がって彼女の隣へ行く。

そして、シュヴァリエはヴァイオレットの華奢な肩に軽く手を置き、自身の方に引き寄せれば、包み込むようにして抱き締めた。

「……っ、シュヴァリエ様……!?」

「……ヴァイオレット、別に失敗したって構わないんだよ。そんなことで、誰も貴女の存在も、これまでの努力も否定したりしない。もちろん、態度が変わることもない」

「……っ」

「俺やヴァイオレットは、人よりも完璧を求められる立場にいる。失敗はしないに越したことはない。それに、民や国のために働くのは義務だ。だがな」

シュヴァリエはそこで一旦言葉を止めると、ヴァイオレットの背中に回していた腕の片方の手を、彼女の後頭部へと持っていく。

大丈夫だというように優しく撫で上げてから、シュヴァリエは再び口を開いた。

「俺たちは人間だ。完璧なんて無理だ。俺も、周りも、ヴァイオレットに完璧であれだなんて無茶なことは望んでいない。……もし失敗しても、誰も貴女を責めはしない。それに、ヴァイオレットの負担が少しでも軽くなるように、俺もセーフィルに対して学ぶつもりだ」

「シュヴァリエ様……」

シュヴァリエの言葉が、スッとヴァイオレットの心に入って、不安や弱さを溶かしていく。

（ダッサム殿下の婚約者でいる時は完璧でいなくてはと思っていた。けれど、シュヴァリエ様は、不安を吐露すれば温かい言葉をかけてくれる。完璧じゃなくても構わないと言ってくれる。任せるだけじゃなくて、自らも学ぼうとしてくれる。……そんな彼の言葉は、私に勇気をくれる……）

そっと抱き締める手を弱めたシュヴァリエは、右手をヴァイオレットの頭に載せて、再び優しく撫でる。

穏やかな表情でこちらを見つめているシュヴァリエを見上げたヴァイオレットは、この気持ちを伝えなければと、口を開いた。

「シュヴァリエ様のおかげで、私はもう怖くありません」

「ヴァイオレット……」

「こんな私ですが、セーフィルの採集に行かせてはいただけませんでしょうか？　次期皇后として、民のためにできることをしなくては」

「……っ、貴女という人は……なにが弱いものだ。こんなに強い女性を、俺はヴァイオレット以外に見たことがないよ」

それからシュヴァリエは、ありがとうと感謝の言葉を述べながら、もう一度ヴァイオレットを力強く抱きしめた。

ヴァイオレットの蜂蜜色の瞳に、もう不安の色はなかった。

その五日後のこと。

公務の調整と、採集場所に行くにあたっての下調べは既に済ませた。

人員の手配に少し手間取ったものの、ヴァイオレットとシュヴァリエは早速、シェシェやロン、数十人の騎士たちとセーフィルの採集場所に来ていた。

ここはリーガル帝国、北部の森——ビムスの森。

王城からここまで馬車で一時間ほどかかる。

それほど危険性がない森とはいえ、怪我がしづらいようにヴァイオレットは女性用のズボンを穿いて、上半身はシュヴァリエと似たような、動きやすい白いシャツに袖を通していた。

「まあ！　なんて沢山……！」

ビムスの森のその奥地にある、湖の近くの地面に生えているのが、目的の薬草であるセーフィルだ。見渡す限り広がるセーフィルに、ヴァイオレットから感嘆の声が漏れた。

「シュヴァリエ様、陽が出ているうちのほうが見分けもつきやすいでしょうから、早く採りましょう」

「ああ、そうだな」

周りの従者や騎士たちが籠や休憩用の天幕を用意する中、ヴァイオレットは早速シュヴァリエと共に薬草の近くへと駆けていった。

地面には大量の薬草が生えている。

ヴァイオレットとシュヴァリエ、それと何人かの部下たちは、薬草をじっと見るためにしゃがみこんだ。

「シュヴァリエ様、薬草に触れる際は、必ず手袋を付けてくださいね」

「ああ、分かった」

「……それにしても、薬草の匂いがかなりきついですね」

採集場所一帯には薬草の匂いが充満しており、正直セーフィルかその他の薬草かを確認する一つの方法として、嗅覚は役に立たなそうだ。

それならば見た目で判断するしかなく、ヴァイオレットは金色の薬草を手に取ると、じっと目を凝らす。

「おそらく、右手にあるのがセーフィル、左手にあるのは腐敗効果のある薬草で、間違いないと思うのですが……」

「そう、だな。俺にもそう見えるが……」

腐敗効果のある薬草と言っても、触れたものを直ぐに腐敗させるわけではないので、その場で一回試してみることは敵わない。

かと言って、薬草一つ一つを別の籠に入れることも出来ず、ここでの選別はかなり慎重になるわけだが――。

「……あっ」

もう少しだけ決め手がほしい。なにかないだろうか。

ヴァイオレットがそう考えていると、隣のシュヴァリエから上擦った声が漏れたので、そちらを見た。

「シュヴァリエ様、どうかされましたか？」

「とりあえずいくつか薬草を手に取ってみようかと思ったんだが、一枚葉が裂けてしまってな。この状態でも調合は可能なのか？」

「ええ。裂けた状態だと保管期間は短くなってしまいますが、早めに使うなら全く問題ありませ——あ！」

「……！　どうした、ヴァイオレット」

突然大きな声を上げたヴァイオレットに対して、シュヴァリエは目を見開く。

「……これ、これですわ……」

ヴァイオレットはぽつりと呟くと、シュヴァリエが手に持っている裂けた薬草にぐいっと顔を近付ける。

そして、今度はシュヴァリエに顔をずいと近付けると、ヴァイオレットは嬉しそうに微笑んだ。

「シュヴァリエ様……！　シュヴァリエ様のお陰で、セーフィルか否かを確実に選別することができますわ！」

「……!?　どういうことだ？」

「簡単でしたの！　葉を裂いてみれば良いのです！　今からセーフィルではないと思われる葉を割いてみますから、見ていてくださいね」

それからヴァイオレットは、地面に生えている薬草の中から、セーフィルではないと思われる薬草を手に取る。そして、その葉をビリッと裂いた。

ヴァイオレットはその葉を、シュヴァリエが見やすいように彼に近付けた。

「見てください！　こちらは全く繊維が見えませんが、シュヴァリエ様の手にある葉の裂けた部分からは、蜘蛛の糸のような繊維が見えますよね」

　そう言ったヴァイオレットは、シュヴァリエの手にある裂けた葉の断面を指差した。

「この繊維こそが、セーフィルである証拠なのですわ」

「！」

「失念していました……調合の時にすりつぶした際、セーフィルの葉には繊維が異常に多いことには気付いていましたのに……選別方法に役立つとは思っていませんでした」

「つまり、葉を裂いて確認すれば、セーフィルか否かを間違えることはないということだな？」

「はい！　これならセーフィルだけを調合室に持ち帰ることができそうですわ！」

嬉しそうに話すヴァイオレットを、シュヴァリエは尊敬の眼差しで見つめた。

「ヴァイオレット、やはり貴女は凄いな。……本当に、凄い！」

その瞬間、腕を広げて今にも抱き締めてきそうなシュヴァリエは、ピタリと動きを止める。

　どうしたのだろうかと、ヴァイオレットが窺うような目でシュヴァリエを見つめると、彼はゆっくりと腕を下ろした。

「薬草を触った手でヴァイオレットに触れるのは良くないだろうから、今はやめておく」

「……っ」

少し残念そうにシュヴァリエはそう話す。

それはまるで、懸念がなければ抱き締めたかったと言っているようなものだ。

（こんなふうに口に出されると、抱き締められたのと同じくらい恥ずかしいわ……）

けれど、シュヴァリエの発言はそれと同じくらい嬉しいものだ。

セーフィルの見分け方が分かったことも大変喜ばしく、ヴァイオレットは頬を朱色に染めて、満面の笑みを浮かべたのだった。

その後、皆にセーフィルの見分け方を伝達すると、各々は自分たちの仕事に精を出した。

――しかし、既定の数のセーフィルの採集が終わった直後の午後のこと、とある問題が起こった。

「お前たち！　雨が降ってきたからさっさと引き上げるぞ！」

「「「はっ!!」」」

リーガル帝国では、春の季節は天候が変わりやすく、晴れていても突然激しい雨が降ることがある。

そのため、つい五分ほど前までは晴天だったというのに、気が付けば空からは大粒の雨が降り注いで来ていた。

天候が変わりやすいとはいえ、この雨がいつ止むかは分からない。それにたちまち強い風も吹いてきたため、一行は飛ばされてしまいそうな天幕を急いで片付け、一旦近くの大きな洞窟へと避難しようという結論を出した。

「ヴァイオレット、おいで。雨で地面が泥濘るんでいるから、気を付けてくれ」

「はい……！」

シュヴァリエにそう言われたヴァイオレットは彼の手を取ると、足元に気を付けながら近くの洞窟へと向かって歩き出す。

（凄い大雨だわ。それに風も……視界が……）

雨に備えて合羽は用意してあったものの、これだけ風が強いと、フードの部分がめくれてしまって、視界という点ではあまり意味をなさない。

まだ日が暮れる時間ではないはずなのに、分厚い雲に覆われた空からは陽が差さず、不気味な暗さだ。

直ぐ傍にシュヴァリエがいること、周りには従者や騎士たちがいることから、それほど恐怖はなかった。

だが、大きな雨粒と強風のせいで視界が悪く、また地面の泥濘のせいで思うように進めず、状況はあまりよくなかった。

（大丈夫、大丈夫よ。この辺りで土砂崩れが起きた記録は残っていない。おまけに、もう近くの洞窟まで半分のところまでは来ているはず。一本道に入れば遭難する危険もないから、きっと、大丈夫）

それでも、冷静に分析することでヴァイオレットは自身の中の不安を拭うと、足手まといにならないように必死に足を動かす。

しかしその時、ピカッと光った空に、ヴァイオレットは頭上を見上げた。

――ドォーン！

「きゃあっ……!!」

咄嗟に耳を塞いでしまうほどの激しい雷鳴に、ヴァイオレットは驚いて足を滑らせ、シュヴァリエの手から離れて地面に尻餅をついた。

（いた……っ）

シュヴァリエが大丈夫かと確認してくる中、ヴァイオレットはコクコクと何度も頷く。

しかし、左足の足首に感じるズキズキとした痛みに、表情を歪めた。

「……っ、お前たち！　雷が近い！　薬草も心配だから、避難を急ぐぞ！」

「「はっ!!」」

「ヴァイオレットも、怖いだろうが早く避難を――。ヴァイオレット……？」

避雷針となり得る高い木が生い茂ったこの場所は危険で、早く退避しなければならないことをヴァイオレットはしっかりと理解している。

だから、今は痛みなんて我慢して立ち上がらなければ、と思うのだけれど、思うように立ち上がることができなかった。

「……っ、申し訳ありません、シュヴァリエ様……。その、立てません……」

「！　どこか怪我をしたのか……!?」

「さっき、足を滑らせて、左の足首を捻ってしまったようで……申し訳ありません……っ」

こんな一大事だというのに、怪我をする自分が情けない。

シュヴァリエはもちろん、心配の目を向けてくれる家臣たちにも迷惑をかけて申し訳ない。

けれど、きっと彼らには私を置いて先に退避してくれと言ったところで、それは叶わないのだろう。そういう人たちだと知っているから、ヴァイオレットは余計に罪悪感に押し潰されそうだった。

「……ヴァイオレット、足以外は平気か？」

罪悪感で胸が苦しい中、地面に片膝を突いてシュヴァリエがそう問いかけてくる。

ヴァイオレットが小さく頷くと、その瞬間だった。

「分かった。それならできるだけ貴女の足首に負担をかけないように気を付けながら、直ぐに安全なところに連れて行く」

「えっ？　あの……!?　きゃあっ……！」

シュヴァリエは丁寧にヴァイオレットを横抱きにすると、彼女の足首を気遣いながらゆっくりと立ち上がる。

そして、再び家臣たちに向き直った。

「ヴァイオレットが足を怪我しているから、俺は少しゆっくり行く！　薬草を持った者は先に避難しろ！　皆行くぞ！」

「「はっ……!!」」

それから、予定していた大きな洞窟に到着した、直後のこと。

怪我をした足の負担にならないよう、洞窟の壁にもたれ掛かるように座るヴァイオレットの前には、片膝を突いて心配そうにこちらを見るシュヴァリエの姿があった。

シュヴァリエの奥の少し離れた所には、同じく雨宿りをしている従者たちや騎士たちが見える。

雷や雨音でときおり聞き取れないが、いつ雨が上がるか、他に怪我人はいないかといった話をしているようだ。

「ヴァイオレット、足の調子はどうだ？　大丈夫か？」

そんな中、シュヴァリエが心配そうな声色で問いかけてくる。それから彼は触れても良いかの確認を取ってから、ヴァイオレットのズボンの裾を捲り、優しく彼女の足首に触れた。

ヴァイオレットは彼の手に釣られるように、俯いた。

「え、ええ。動いていなければほとんど痛みはありませんわ……っ」

足首を異性に触れられる機会なんてそうない。

シュヴァリエが怪我の具合を確認するために触れていることは分かっているけれど、恥ずかしさで上擦った声が出てしまった。

そんなヴァイオレットに、シュヴァリエは愛でるような瞳をして微笑する。

「そうか、良かった。城に戻ったら、直ぐにしっかりと手当てをするからな」

「あ、ありがとうございます」

直後ズボンの裾は戻され、シュヴァリエの手は離れていった。というのに、ヴァイオレットの心臓はまだ高鳴っていた。

（そういえば、さっきはお姫様だっこをされてしまったわ……。そのうえ、足首に触れられただけで大袈裟に緊張してしまって……私ったら……。冷静になりなさい、ヴァイオレット）

そう自身に言い聞かせるヴァイオレットだったが、ふと気付いた。

自身の足元に落ちる、ぽたぽたとした雨粒。その雨粒の出所を辿るように視線を上げれば、濡れたシュヴァリエの姿が瞳に映る。

煩わしいというように濡れた前髪を掻き上げるシュヴァリエはとても野性的で、格好よくて、これ以上見てはいけない、とヴァイオレットは両手で目を覆い隠した。

「ヴァイオレット？　どうして目を隠しているんだ？」

「……うっ、シュヴァリエ様がその、格好良くてこれ以上見ていられず……今は少し離れていただけると有り難いのですが……」

そう伝えたのは良いが、シュヴァリエからの返答はない。

視界を塞いでいるため分からないが、もしかしたらシュヴァリエの身になにかあったのだろうかとヴァイオレットは不安になる。

降り続く雨粒の音に、ゴゴゴ……と休む間もなく聞こえる雷鳴の音。

もしもなにかトラブルがあったのならば、迅速に対応しなければならない。

（よ、よし、手を退けてみましょう……！）

だから、ヴァイオレットはおずおずと手を退けて視界を開けたのだが、目の前には先程よりも至近距離の位置にシュヴァリエの顔があった。

「……ふっ、やっと手を退けたな」

「……!?　シュヴァリエ様……っ!?」

「ヴァイオレットが可愛いことを言うから、もっと近付きたくなった」

「〜〜っ!?」

洞窟の壁に凭れ掛かるようなヴァイオレットに対して、地面に片膝をつき、シュヴァリエはぐいと顔を近付けてくる。

驚き、そして羞恥からヴァイオレットは目にも留まらぬ速さで、再び視界を閉ざしてしまおうと、両手を素早く動かした。

「こーら」

けれど、その手はいとも簡単にシュヴァリエによって捕らわれてしまった。

「て、手を離してくださいまし……！」

「だめだ。また顔を隠すんだろう？　足首の怪我もそうだが、雨に打たれて体調が悪くなる可能性があるから、しっかりと顔は見せていてくれ。心配になる」

「……っ、分かりました！　では、目を瞑らせていただきますわ！」

これなら顔は隠していない。かつ、雨が滴る蠱惑的なシュヴァリエを見なくても済む。

（ふふ、これならば文句はないはずですわ……！）

どこか得意げにそんなことを思ったヴァイオレットだったが、自身の行動が間違っていたと知るのは、すぐ後のことだった。

「こんな状況で目を瞑るなんて、ヴァイオレットには警戒心が足りないな」

「……？」

意地悪さが含まれたシュヴァリエの声に、ヴァイオレットは疑問を覚えたというのに
——。

「キスをされても、文句は言えないと思うが」

「なっ……!?」

シュヴァリエにこんなことを言われてしまえば、ヴァイオレットは目を見開き、頰を真っ赤に染め、口をパクパクと動かすことしかできなかった。

「……ふっ、すまない。やりすぎたな。今のは忘れてくれ。……結婚したら、毎日するから今は我慢する」

「は、はいっ!?」

またもやとんでもない発言をするシュヴァリエに、ヴァイオレットの胸から心臓が飛び出そうになる。ドドド……という激しい心臓の鼓動が、シュヴァリエに聞こえてしまいそうなほどだ。

そんなヴァイオレットに対して、シュヴァリエが「はは」と小さな笑い声を漏らした。

「落ち着け。……とりあえず、雷が落ち着くまではなにか適当に話をしよう。その方がヴァイオレットも気が紛れるだろうしな」

「……!」

その言葉を聞いたヴァイオレットは、一連のシュヴァリエのとんでもない発言は、余計なことをぐるぐると考えなくてもいいように、という考えのもとだったのだと確信を持った。

(確かに、洞窟に避難してから一人でぼんやりとできる時間があったら、怪我をして迷惑をかけてしまったことを考えてしまっていたかもしれないわ……)

シュヴァリエの言動には、いつもヴァイオレットに対する気遣いや優しさが含まれている。

そのことを知っているヴァイオレットは、「ありがとうございます」と彼に感謝を伝えた。

そして、改めてシュヴァリエの優しさを感じて、また彼のことが――。

(……もうだめだわ、私)

考えごとをするには邪魔になるほどの雨粒と雷鳴の中でも、とあることがはっきりとしたヴァイオレットは、右手を口元へ持っていった。

「それにしても、ヴァイオレットはやっぱり凄いな。セーフィルを完全に見分ける方法が分かるなんて」

――まるで我がことのように喜び、褒めてくれるところも。

「聡明で、頑張りやで、それなのに、誰にもいばらず皆に優しくて……とても可愛いのに、物凄く綺麗で……そんな貴女を妻にできる俺は、本当に幸せ者だ」

――配偶者選びの決まりなんて関係がないのだと、心の底から本当に求めてくれているのだと、錯覚してしまうようなそんな台詞も。

（私って、本当に馬鹿よね……）

何度も何度も、期待してはいけないと、自身の気持ちに気付かないふりをした。

本当はかなり前から、この感情はヴァイオレットの中に芽生えていたというのに。

「シュヴァリエ様——です」

ヴァイオレットは俯いて、そうぽつりと呟く。

「……ん？　なにか言ったか？」

「……ええ。——褒め過ぎです、と」

声を掻き消してくれた雨粒と雷鳴に、ヴァイオレットは心の中で感謝した。

自覚した途端、まさか口に出てしまうだなんて——。

（シュヴァリエ様、好きです）

シュヴァリエの気持ちを聞く覚悟がまだできていないヴァイオレットは、心の中でもう一度彼に愛を呟いた。

ヴァイオレットの足首を確認してから少し後のこと。

現在ヴァイオレットは、共に来ていた彼女の侍女——シェシェと談笑している。

そんなヴァイオレットに一瞥をくれてから、シュヴァリエは自身も一旦体を休めるために、ヴァイオレットとは反対側の壁にもたれ掛かるように座って、休憩を取っていた。

雷は少し離れたようだが、まだ風は強く、雨が弱まる様子はない。

（ハァ……。それにしても、さっきのはまずかったな……）

さっきの、とは、ヴァイオレットが言った、『シュヴァリエ様がその、格好良くてこれ以上見ていられず』という言葉だ。

彼女の白くて細い足首に触れ、雨に濡れたしっとりとした髪の毛を見るだけでも、冷静さが吹っ飛びそうだったというのに、あんなに可愛いことを言われたら、本当に彼女の唇を塞いでしまいたくなった。まだ好きだと伝えていないのだからと自身に言い聞かせることで、必死に自身の行動を制したのだ。

（求婚する前からヴァイオレットのことは愛していたが、あの時はもう少し俺は理性的だったように思う）

けれど、ヴァイオレットと共に暮らすようになってからというもの、もっともっと彼女のことが好きになっていく。自分でも恐ろしいくらいに。

ヴァイオレットを喜ばせたい、という気持ちもあって調合室を建設したのに、彼女の嬉しそうな顔を見たら、むしろ自分の方が良い思いをしているのではないか、と思うくらいに幸せな気持ちに包まれた。

『だって私は、シュヴァリエ様の、婚約者なんですから』と、そう言われた時なんて、気を抜けば本当に好きだと、もう随分前から愛していたのだと本音が零れそうになった。

だが、結果としてシュヴァリエは本音を言わなかった。

自分の重たい愛情がヴァイオレットの負担になるかもしれないと思ったこともあるが、薬師として、次期皇后として民のために予防薬を作りたいと話していた彼女に、今は言うべきではないと思ったからだ。

しかし、今思えば、その判断は間違っていなかったのだとシュヴァリエは思っている。というのも、セーフィルが足りず、どう調達しようかヴァイオレットが相談に来た時のこと。シュヴァリエたちの期待を裏切るのが怖いのだと吐露したヴァイオレットを見て、シュヴァリエは改めてこう思ったのだ。

(きっと、ダッサムの婚約者だった時のヴァイオレットは、こんなふうに弱さを見せることができなかったのだろう。いや、見せるべきではないと考えたという方が正しいだろうか)

だから、彼女が弱さを見せてくれたことは正直嬉しかった。

けれど、同時にヴァイオレットが何年も重圧に耐えてきたことが鮮明に伝わってきて、胸が痛んだ。

(俺は……ダッサムが憎い。だが、そんなあいつ相手でも、長年婚約者だったヴァイオレ

ットには、少なからず情が残っているかもしれない。今もまだ婚約破棄をされたことに、傷付いているかもしれない）

そんなヴァイオレットに自分勝手に思いをぶつけることで、彼女を混乱させたくなかった。

それに、ヴァイオレットは今、薬師として、誰よりも魔力酔いの予防薬のことで頭がいっぱいのはずだ。

少なくとも予防薬が国民に行き渡って、ヴァイオレットの懸念が無くなるまでは――。

だからシュヴァリエは、ギリギリのところで踏みとどまって、今もまだ思いを伝えていないのだが――。

（もうそろそろ、限界かもな）

日に日に大きくなっていくヴァイオレットへの愛情に、シュヴァリエはそんなことを思う。

遠くの空に青空が覗いていることに気が付いたシュヴァリエは、そっと立ち上がった。

一方、その頃ダッサムは執務室で怒りを露わにしていた。

でのような自由な日々ではなかった。

「クソォ！　終わらぬ!!」

謹慎や、一日中缶詰で勉強をする日々を終えたダッサムだったが、待っていたのは今までのような自由な日々ではなかった。

「おい！　誰か手伝え！」

たとえ第二王子のナウィーが王太子に即位するかもしれないという噂が流れたとしても、今までダッサムが担当していた公務が無くなるわけではない。

だから、今まで通り、ダッサムは公務をこなさないといけないわけだが――。

「おい!!　聞こえないのか！　誰でも良いから手伝えと言っている！」

テーブルに拳を振り下ろすダッサム。

午前中に聖女の仕事――礼拝堂で祈りを捧げたり、病院に赴いて重症患者に回復魔法を施したりを済ませたマナカは、彼の隣の席で大きく肩をビクつかせる。

ダッサムがこうやって執務室で大声を上げるのは今回が初めてではなかった。

最初の頃は、ダッサムの声を聞いて一部の家臣がダッサムの手伝いをしに来てくれていたものだ。

だが、それは二日、三日経つにつれて減っていった。

皆、ダッサムの不出来さがまさかここまでだとは思わなかったのである。それに、ダッサムの横柄過ぎる態度に、皆辟易していったのだ。

今やもうダッサムの執務室には本人と、マナカの姿しかなく、彼は完全に家臣からも見放されていた。

「何故誰も来ないんだ！　王子である私が命じているというのに！　私の仕事を手伝えるなど、名誉なことだろうが!!」

ダッサムの手元には、一切処理されていない大量の書類が積まれている。

水路の整備や、税に関すること、貿易関係等々。今まで王族としての教育を受け、公務をこなしてきた者ならば、それは特筆して難しいものではなかった。

（全く……まっっっったく分からん!!）

だが、ダッサムは今まで、自分に回ってきた仕事のほとんどをヴァイオレットに任せていた。

ヴァイオレットはその度に「ご自分でもなさらないと」とか「お教えしますから殿下も是非……」と言ってきていたが、結局のところダッサムがしなければヴァイオレットが必ず処理してくれていた。

ヴァイオレットは可愛げはないが、勉強やマナーに関することだけは完璧だった。

そのため、ヴァイオレットが代わりに仕事をすることに関して、ダッサムに不安はなかった。

どころか、口煩いヴァイオレットには、仕事を与えてやるくらいでちょうどいい。それに、次期王の妻になるなら王を支えるのが仕事であり、それは義務であるはずだ。ダッサムは、そう思っていたくらいだった。

けれどその考え方が、ヴァイオレットに任せきりにしていた事実のつけが、今、回ってきていた。

「……チッ！　おいマナカ！　お前が代わりに仕事をしろ！　そうじゃないと仕事が終わらんだろうが！　終わらせないと……ナウィーに王太子の座を奪われてしまうんだぞ!?　私の婚約者ならば少しは役に立て!!」

「そ、そんな難しいこと、私には……っ、だって、殿下は――」

「ハァ!?　この役立たずが!!　将来国母となる身としてこんなこともできないとは……ふざけるな!!」

頭に血が上ったダッサムは素早く立ち上がると、隣の席に座るマナカのもとへ向かう。そして――。

――バチン!!

「きゃあっ……!!」

ダッサムはマナカの左の頬を思い切り叩くと、荒い鼻息のままに倒れた彼女を見下ろす。

マナカは床に倒れたまま、涙で歪む視界でダッサムを捉えていた。

「クソォ……！　本当に役立たずばかりだ……！」

「……っ、ごめ、なさい、ダッサム様……」

マナカから謝罪の言葉を聞いても、一向に苛立ちは消えそうにない。

終わらない仕事、手伝ってくれない家臣たち、役に立たないマナカ、このままでは弟に王太子の座を奪われるという焦燥感。

どうしたら、この状況が変わるのか、どうしたら、自分の思い通りに行くのか。

ダッサムはマナカを見下ろしながら、必死に考える。

「……なんだ、そうか」

すると、ダッサムには一つの考えが思い浮かんだ。

「ヴァイオレットを連れ戻せば良いのか」

――そう。答えは、とてもシンプルだったのだ。

「ダッサム、様……？」

「そうか！　ハハハハッ!!　簡単なことじゃないか！　あいつを連れ戻して仕事をさせればいい！　父上や多くの貴族はあいつのことをやたらと気に入っていたから、連れ戻せばさぞ喜ぶことだろう！　そんなヴァイオレットを再び私の婚約者にしてやれば……きっと、きっと私が王に――」

「!?　待ってください！　ダッサム様の婚約者は私じゃ……っ」

マナカのそんな言葉は、ダッサムには届かない。

問題はどうやってヴァイオレットを連れ戻すかだ。公の場で婚約破棄を告げ、今はシュヴァリエの婚約者になっているため、戻ってくるよう文書で命じても、従わないかもしれない。

（仕方がない……この私自らが、戻ってくる席を用意してやると言ってやるか）

しかし、どうだろう。婚約破棄の際、そして公爵家に乗り込んだ時のシュヴァリエの様子から考えるに、リーガル帝国に赴いて、直接ヴァイオレットに会うことは可能だろうか。

そもそも、リーガル帝国に赴くことを国王が許してくれるかも怪しい。

（ああ、そうか。父上にはヴァイオレットとシュヴァリエの奴に直接謝りたいから、リーガル帝国に行かせてくれと言えば良いのか！）

そうすれば、おそらく父上からは許しが出るだろう。「やっと改心したのか！」なんて言いながら喜ぶ姿が目に浮かぶ。

うまくいけば、赴く日もこちらの都合に合わせてくれるかもしれない。

友好国の王子が直接謝罪に出向きたいという旨の書簡に、父上からの一筆も入れてもらえれば、リーガル帝国側も無下にはできないだろう。

（いや～さすが私だ！　王になるべく生まれてきた私は天才だな!!）

しかし、まだ懸念はある。ダッサムの言葉でヴァイオレットは果たして確実に戻ってくるだろうか、ということだ。

（過去のヴァイオレットならばともかく、もう婚約者ではないからな……。私が謝り、戻ってきてくれと頼んだところで、ヴァイオレットが言うことを聞く保証はない、か）

だが、ダッサムが王太子でいるために残された唯一の道は、ヴァイオレットを連れ戻すことだ。そのために、不安材料はできるだけ消してしまいたい。

そう考えたダッサムは、なにか良い方法はないだろうかと、頭を働かせる。

（ハッ……！）

視界に映ったマナカを見て、ダッサムはとあることを思いついた。

「おいマナカ、喜べ！　お前にもあったぞ！　私のためにできることが！」

「えっ……？」

「はははっ。そうだよな、お前は異世界から転移してきた聖女だものな。……ククッ、その力……王となる私のために使わなくてはなぁ？」

「な、なに、をすれば良いんですか……？」

厭らしい笑みを浮かべるダッサムに、マナカの背筋はゾゾッと粟立つ。

「マナカは大切な協力者だ。お前にだけは教えておいてやろう。もしも、ヴァイオレットが私の要求を拒んだ時は——」

「……!?」

直後、ダッサムが語るその作戦とやらに、マナカの顔は生気が無くなったかのように真っ青に染まる。

そんなマナカは、愉快そうに笑みを浮かべているダッサムを見て、カタカタと体を震わせた。

第六章 ★ 同じ思いならと願う

セーフィル採集から四日後のこと。

雷雨に見舞われたセーフィル採集だったが、合羽のおかげか、洞窟で休息をとったためか、誰も体調を崩すことはなかった。

ヴァイオレットの足首の怪我も包帯で固定すれば日常生活には支障がない程度には回復していた。

そんな日の、陽が落ちて空が茜色に染まる頃。

調合室に集まる大勢の協力者たちとヴァイオレットは、保管庫の中にずらりとある予防薬を見て、歓喜の声を上げた。

「皆の協力のおかげで魔力酔いに対する予防薬が全て作れたわ！　本当にありがとう……！」

「「やったーー!!」」

抱き合うシェシェとロンに、握手し合う大臣たち、高揚する使用人たちと薬に知識がある者たち。

ヴァイオレットもこの時ばかりは淑女であることを忘れ、口を大きく開けて皆と笑い合った。

「盛り上がっているな」

聞き心地の良い低い声に、ヴァイオレットは「あっ」と声を漏らした。

「シュヴァリエ様！　お疲れ様です。急ぎのお仕事はよろしいのですか？」

「ああ、しっかりと終わらせてきた。それで、全ての予防薬が完成したのか？」

「はいっ！　皆で今盛りあがっていたところです！」

「ふっ、そうか。良いな」

シュヴァリエはそう言うと、皆の中心にいるヴァイオレットのもとに歩いて行く。

家臣たちが皆シュヴァリエが行く先を邪魔しないように一歩後退すれば、シュヴァリエはヴァイオレットの肩を抱き寄せた。

それだけで照れるヴァイオレットに一瞬微笑を浮かべたシュヴァリエは、ヴァイオレットと共に皆の方を振り返り、息を大きく吸い込む。

「ヴァイオレットはもちろんだが、お前たちの頑張りのおかげで、この国で魔力酔いに苦しむ者はこれから格段に減る。……皆、大儀であった」

皇帝から大儀だと言われることなど、生きていてそうあることではない。

感動のし過ぎのためか、調合室では三秒ほど沈黙が流れたのだが、それは直ぐに解かれることになった。

「今日は全員に行き渡るよう、中庭に豪華な料理と酒を用意させた。各自楽しめよ」

「「「やったぁぁぁぁっ!!」」」

（ふふ、さっきまで感動ムードだったのに、素直な人たちね）

そのあと、食事の前に今日出来上がった予防薬を民に配布するため、予定を組もうと大臣たちは城内に向かうことになった。使用人や騎士たちは、中庭に向かって行った。

大きな仕事を成し遂げたこと、そして、豪華な料理と酒が振る舞われるため、調合室を出ていく皆の足はとても軽かった。

「ヴァイオレット。俺たちも中庭に行こうか」

「はい」

肩から手を離したシュヴァリエに手を出されたので、ヴァイオレットは手袋を外してから彼の手を取る。

それから皆に続くように二人も調合室を出れば、中庭の端にある、屋根が丸い形のガゼボに直ぐに到着した。

シュヴァリエはヴァイオレットにガゼボ内を囲むようにあるベンチに座るよう促してから、皆が騒ぐ中庭の方を指さした。

「少し食事をとってくるから、ここで待っていてくれ」

「！　それでしたら私が食事をとりに……！」

「いや、ヴァイオレットは連日の予防薬作りが大変だっただろう？　それに、採集地での足首の怪我は完治したわけではないんだ。ここは俺に任せてくれ。あと、一応これでもヴァイオレットの食の好みは大体把握できているつもりだから、キッシュは必ずとってくる」

キリッとした顔つきでそう言われれば、ヴァイオレットはなんだかおもしろくて「ふふっ」と笑みが零れた。

「ではシュヴァリエ様、よろしくお願いいたしますね。楽しみに待っております」

「ああ、待っていてくれ」

それから程なくして、シュヴァリエは言っていたようキッシュを含め、いくつかの料理を二つの皿に盛って来てくれた。

この頃には完全に陽は落ちていたけれど、ガゼボの天井に備え付けられているオイルランプにより、ほんのりと辺りが見えた。

皿をガゼボの真ん中にある丸いテーブルに置いたシュヴァリエは、ヴァイオレットの横に腰を下ろす。

ヴァイオレットがシュヴァリエにお礼を伝えると、二人は軽く食事をし始めた。

「少しいいか？」

キッシュを咀嚼し終えた頃、ヴァイオレットにそう話を切り出したシュヴァリエ。

顔をこちらに向けているシュヴァリエと同じように、ヴァイオレットも顔を彼の方に向けて、しっかりと目を合わせる。

「改めて、予防薬の製造、お疲れ様」

「は、はい！　シュヴァリエ様にご協力していただいたおかげです」

「俺はなにもしていない。……ヴァイオレットがいてくれたから……それと、頑張ってくれたからだ」

「シュヴァリエ様……」

好きな相手に褒められることは、なんて心地好いのだろう。

オイルランプのほんのりとした明かりから見えた彼の優しそうな笑みに、ヴァイオレットは「ふふっ」と微笑んだ。

「はい。私も、頑張りました。シュヴァリエ様も、皆も、頑張りました。……全員の、おかげですわ」

自分のことも認めてあげよう。そう思ってヴァイオレットが紡いだ言葉に、シュヴァリエは参ったと言わんばかりに眉尻を下げると、口角を上げた。

「……ははっ、そうだな。全員のおかげだな」

「はい！」

「ヴァイオレットが全員のおかげだと言っていたこと、あいつらに伝えたらさぞ喜ぶだろうな」

そんな言葉の後、シュヴァリエはヴァイオレットから、庭園で宴を楽しんでいる城の者たちに視線を移した。

ヴァイオレットも釣られるようにそちらを見る。

沢山のテーブルがセッティングされ、その上には数えきれないくらいの料理と飲み物。所々に大きめのオイルランプがあり、ここからでも中庭にいる人々の明るい表情が良く見える。食事を楽しむだけでなく、中には歌や踊りを楽しむ者もいた。

「皆、とっても楽しそうですね」

「ああ。一部は酒の飲み過ぎで明日潰れるんだろうが。まあ、今日くらいは良いだろう」

「ふふ、なんだかこの光景を見ていると、私もこの国の一員になれた気がして……嬉しいです」

何気なくそう言えば、シュヴァリエに「こっちを向いてくれ」と優しく声を掛けられる。そして、体をヴァイオレットの方に捩ったシュヴァリエが、ヴァイオレットの腰に手を回した。

「……！」

優しく引き寄せられ、何事だろうとヴァイオレットがシュヴァリエを見れば、先程よりも至近距離に顔を寄せた彼にじっと見つめられる。そんな状況に、ヴァイオレットは一瞬息が止まりそうになった。

「ヴァイオレット。確かに私たちはまだ夫婦ではないが、貴女はもうとっくにこの国の一員だよ。俺も、皆も、ヴァイオレットがいないこの国なんてもう考えられない。それくらい、貴女のことを大切に思っている」

「……っ、シュヴァリエ様、あの……」

その言葉は、心の底から嬉しい。けれど、近い彼の顔と、優しいのに、どこか離したくないと思わせるような手を腰に回されたことで、ヴァイオレットは喜びよりも羞恥が勝った。

そのため咄嗟に俯けば、シュヴァリエは切なげな声で言った。

「顔を逸らさないでくれ、ヴァイオレット」

「……っ」

好きだと自覚したらなおさら、まるで懇願するような、そんなシュヴァリエの言葉を無視するわけにはいかない。

だからヴァイオレットは顔を上げて、シュヴァリエと視線を合わせたのだが、そこで気付いてしまったのだ。

（私今日、ずっと調合をしていたから、薬草の匂いが付いてしまっているかもしれないわ。それに、白衣を羽織るとはいえ、念のために汚しても問題がないような簡素なドレスを着ている……。もしかしたら髪の毛だって乱れているかも……)

薬師としては致し方ない姿ではあるのだが、好きな人の前では常に可愛くありたいとヴァイオレットは思った。そんなヴァイオレットは焦ったように話し始める。

「今日はその、ずっと調合をしていましたので、いつもより不格好なのですわ。……ですからその、あまり見ないでくださいませ……」

本音を告げれば、一瞬訪れる静寂。

しかし、いつもの穏やかさの中に、仕事をしている時のような真剣さを含んだシュヴァリエが、直ぐにその静寂を解いた。

「頑張る貴女は、世界で一番美しい」

「……！」

「別に豪華なドレスで着飾らなくとも、髪が乱れていようとも――ヴァイオレットが世界で一番美しいんだ。だから、そんなことを言うな」

「シュヴァリエ様……」

ヴァイオレットの腰に回されたシュヴァリエの手の力が、少し強められる。

(そうだわ。この方は、こういう人だもの……)

見た目を可愛いと、綺麗だと、もちろんそこも褒めてくれる。けれどシュヴァリエは、ヴァイオレットの努力を、ダッサムの婚約者だった時の我慢を、頑張りを、なによりも認めてくれていた。

ヴァイオレットが一番求めている言葉を、彼は掛けてくれていたのだ。

「……ありがとうございます、シュヴァリエ様」

「いや、礼を言われるようなことではない。俺は、思っていることを言っただけだからな」

目を細めて笑うシュヴァリエに対して、ヴァイオレットも同じように微笑む。

（少しだけ、甘えたいな……）

今はきっと、誰もこちらを見ていないだろう。ヴァイオレットは勇気を出して、彼の肩にこてんと、頭を乗せた。

上の方にあるシュヴァリエの顔をちらりと見れば、少しだけ驚いたシュヴァリエの顔が見える。けれどそれは一瞬で、シュヴァリエは少しだけ頬を赤らめて、幸せを噛みしめているようだった。

「……ヴァイオレット。強い貴女も素敵だが、こうやって甘えてくれたり、弱いところを見せてくれたりするのが、堪らなく嬉しい」

「……っ、シュヴァリエ様……」

こんなに至近距離にいたら、心臓の音が聞こえてしまうかもしれない。けれど、もうそんなことはどうでもいい。

心地好い春の夜風を浴びながら、二人は穏やかな時間を過ごした。

てもらっていた。

宴が終わりを迎えると、ヴァイオレットはシュヴァリエと共に城内に戻り、自室に送ってもらっていた。

送るといっても二人の部屋は隣なのだが、どうやらシュヴァリエは部屋に戻らず、少しだけ執務室で仕事をするということだった。

そして、部屋の前に到着したのでヴァイオレットが改めてお礼を伝えようとした時、背後から聞こえる足音に、ヴァイオレットたちは振り向いた。

「陛下！　ヴァイオレット様！　夜遅くに申し訳ありません……!!　しかし、早めにお伝えしたほうが良いかと思いまして！」

ロンはそう言うと、手に持っていた白い封筒に一瞥をくれてから、口を開いた。

「ハイアール王国――ダッサム第一王子から、陛下とヴァイオレット様宛てにお手紙が届いています……！」

ダッサムからの手紙と聞いて、ヴァイオレットたちには不穏な空気が流れた。

ロンから手紙を受け取るシュヴァリエを、ヴァイオレットはじっと見やる。

（わ、わぁ。明らかに不機嫌になっていらっしゃるわ）

額に青筋が浮かんでいるそんな姿も格好良いと思ってしまうのは、かなり重症だろうか。

それほど、恋の力は凄いらしい。

ヴァイオレットは今、人生で初めて恋する乙女になっているので、ダッサムの手紙の内容も気になりつつも、それよりも苛立つシュヴァリエを眺めることに夢中になっていた。

すると、彼が口を開いた。

「ヴァイオレット、ここじゃなんだから、俺の部屋で手紙を破——読もうか」

「は、はい」

(今破るって言おうとしなかったかしら……？)

その後、ヴァイオレットはシュヴァリエの部屋に入ると、彼とソファーに横並びになった。

そして、シュヴァリエはペーパーナイフで封筒を開くと、先に内容を確認し、溜息を漏らす。

おそらくとんでもないことが書かれているのだろうと予想しながら、続いてヴァイオレットも内容を確認すれば、あまりの衝撃に大きな声を上げた。

「三日後……!?」

「ああ、そうだ……」

ヴァイオレットは「信じられないわ……」と唖然としてから、その手紙の概要を口にした。

「私とシュヴァリエ様に謝罪したいから、マナカ様と共に三日後に訪問する。……だから時間を空けろ。陛下も、殿下がようやく反省したからできるだけ早く話を聞いてやって欲しい。これは両国にとってより絆を強固とするものになるから、と仰っていますね」

「……呆れてものが言えんな」

ヴァイオレットは手紙を手にしたまま、力強く頷いた。

「全くですわ。ダッサム殿下が正式に謝罪するにしても遅過ぎます。時間をあちらが指定してくる――それも三日後だなんて常識的に考えて有り得ません。……ハァ、陛下は息子に甘過ぎるわ。なんですか、絆って……それになにより――」

ダッサムの両親、特に父――国王が彼に甘いことを、ヴァイオレットは知っている。

どうせ上手く言いくるめられて、この手紙にも一筆入れたのだろう。日にちに関して配慮がないのも、きっとそのせいだ。

息子が心を入れ替えたのなら、それを手助けするのは父親としても国王としても、それ程愚かな判断ではないのだろうが……如何せん、その息子はダッサムなのだ。

自慢じゃないが、ヴァイオレットは国王よりも、ダッサムがどういう人間なのかを知っている。

「あのダッサム殿下が、反省なんてしているわけありませんわ」

「同感だ。あの男の辞書に反省や謝罪なんて文字は絶対ない」

「はい。ですからこの訪問には、謝罪以外の他の意図があるのは間違いありませんね。……問題はそれがなんなのか、ということですが……」

そもそも、このダッサムの訪問を必ず受け入れてやる必要はないのだ。

日時を勝手に指定されても、先約があると言って断ればいいだけの話なのだから。しかも、まさかの三日後だ。

しかし、シュヴァリエとヴァイオレットは、あまりそれは得策ではないと考えていた。

ハイアール国王の一筆により、この手紙にかなりの重要性が付加されたこと、そして――。

（ハイアール王国には、聖女のマナカ様がいますもの）

有事の際に聖女の力を借りることができるのは、両国が友好国だからだ。

懸念であった魔力酔いの予防薬も完成したことから、リーガル帝国にとってマナカは一層重要な存在となった。

そのため、マナカを有しているハイアール王国からの謝罪を蹴って、両国の間に亀裂が入り、結果として友好国でなくなることは、リーガル帝国にとってデメリットの部分が大きいのだ。

まあ、ダッサムはそこまで考えていないだろうけれど。

ヴァイオレットがそんなことを考えていると、シュヴァリエが僅かに目を細めた。

「もしかしたら、ハイアール王国に戻るよう、ヴァイオレットを説得するためかもしれない」

「……！　何故です？　自分で言うのもなんですが、あのお方は私のことを酷く嫌い、憎んでいると思いますわ」

「それを差し引いても、優秀なヴァイオレットを我が物にしたいと思う事情があったとしたら、どうだ」

そう言われて、ヴァイオレットはハッと目を見開いた。

「ダッサム殿下は今、ナウィー殿下に王太子の座を脅かされています。だから、自分の方が王に相応しいと周りに示さねばなりません。ですが、ダッサム殿下が公務をこなせるはずがありませんし、いずれ周りの貴族たちも付いてこなくなるでしょう。マナカ様も異世界から来た方ですし、あまり勉強をしている様子はないので妃になるには少々……。だから……私を再び婚約者にしようと――」

ハイアール王国でも影響が大きいダンズライト公爵家、その娘であるヴァイオレットは妃教育も済ませている。

あのダッサムでさえ勉強やマナーは完璧であると認めており、ハイアール王国の公務をこれまで多くこなしてきた実績があり、仕事が滞ることもないだろう。ほとんどの貴族たちは、そんなヴァイオレットに全幅の信頼を置いている。

その上、薬大国のハイアール王国で、その妃が国家薬師の資格を持っているとなれば、箔が付くというもの。

「……ダッサムめ、ふざけるなよ。ヴァイオレットは絶対に渡さん……絶対にだ」

「シュヴァリエ様……」

膝の上においた手を力一杯握り締めながら、瞳に怒りを映す感情的なシュヴァリエ。

その横でヴァイオレットは、思いの外落ち着いている自分がいることに驚いた。

(公爵邸に乗り込んできたダッサム殿下を見てから、彼に対しては少なからず恐怖を抱いているはずなのに……)

今、自身の隣には、ダッサムに怒り、ヴァイオレットを手放したくないというシュヴァリエがいる。部屋の外へ出れば、慕ってくれる家臣たちが、使用人たちがいる。

(なにより、私はもうシュヴァリエ様の婚約者なんだもの)

そう思うと、ダッサムに対して恐怖なんてなかった。どんと来いと、そう思えるくらいに。

(それに……シュヴァリエ様、絶対に渡さないって仰ってくれたわ……！　不謹慎かもしれないけれど、嬉しい……っ)

シュヴァリエに必要とされている。好きな男性から求められている。ヴァイオレットはそれが嬉しくて、つい顔が綻んでしまう。

そんな自身の顔を隠すように、ずっと手にしていた手紙を顔に近付けることで、頬の緩みを隠した。

「…………」

そんな自身の行動が、シュヴァリエにあらぬ誤解を生ませることになるなど、この時のヴァイオレットには知る由もなかった。

そして、それに纏わる事件が起きたのは、三日後、ダッサムとマナカが訪問してくる日の朝のことだった。

突然ヴァイオレットの部屋にやって来たシュヴァリエは、ソファーに座っている彼女の近くまで来ると、切羽詰まったような声で言った。

「三日前からずっと手紙のことが気になっていたから、貴女に思いを伝えに来た」

「と、突然どうされ――」

「ヴァイオレット……貴女はダッサムを好いているのか」

「…………。えっ!?」

ダッサムとマナカが来るまで読書をしていたヴァイオレットは、シュヴァリエの声に立ち上がったと同時に、思いもよらぬシュヴァリエの発言に本をぽとりと床に落とした。

それを拾う余裕もなく、ヴァイオレットは戸惑いの瞳でシュヴァリエを見つめている。

（わ、私がダッサム殿下を好き……!?　なんで？　それにシュヴァリエ様、なんだか……怖いわ）

まるで獲物を狙う獣のような、それでいて大切なものを無くしたばかりのようなシュヴァリエの瞳。

それに恐怖を覚えたヴァイオレットは、体からふっと力が抜けてしまい、一度立ち上がった体を再びソファーへと沈ませた。

まるで被食者になったような感覚に陥り、背筋がぶるりと震える。

「ヴァイオレット、どうしてなにも言わないんだ」

「……っ」

シュヴァリエはどんどんと近付いてくる。ついにはソファーに片膝を乗せ、ソファーの背に片手を突くようにして、ヴァイオレットを見下ろした。

「な、何故……そんなふうに思われたのですか」

そんな中で、ヴァイオレットは必死に言葉を紡ぐ。

シュヴァリエのことは怖かったけれど、なんの理由もなく彼がこんなことを言うとは到底思えなかったからだ。

もしもそんな勘違いをするようななにかがあるなら、それを聞いてしっかりと訂正をしなければと思っていた。

「以前貴女は、公爵家にダッサムが乗り込んできた時、倒れたダッサムを心配していたな」

「……！　ですから、それは――」

ヴァイオレットの言葉を遮るように、シュヴァリエは話し続けた。

「それに、三日前あの男から手紙が届き、それを共に読んでいる時、なんとも嬉しそうな様子で手紙を持っていたではないか」

「……！」

「口ではなんと言っても、手紙が来るとあんなに嬉しそうな顔をするくらいに、ヴァイオレットはダッサムが好きなのではないのか」

やや早口で話すシュヴァリエの声は地面に響きそうな程に低く、重たい。それに、そんな声を向けられるのは恐ろしい。

けれど、好きな相手にこんなふうに誤解されるなんて、ヴァイオレットは絶対に嫌だったから――。

（違う……！　違う私が好きなのは）

ヴァイオレットは小さく息を呑むと、震えている唇を僅かに開いた。

「私は、シュヴァリエ様が――きゃあ……っ」

しかし、その言葉も遮られてしまう。両手首を掴まれ、ソファーへと押し倒されていた。

男性に押し倒されるなんて経験はない。

それに、普段鍛えているシュヴァリエの手から、そして二倍近くはありそうな彼の体格から逃れる術など、ヴァイオレットは知らなかった。

「……っ、シュヴァリエ様……！」

ヴァイオレットは、動揺を含んだ声でシュヴァリエに抵抗の意思を告げた。

その直後のことだった。

「――めだ」

「えっ……？」

今にも泣き出しそうな顔に変わったシュヴァリエに、ヴァイオレットはピシリと固まる。

「俺は、貴女の笑顔を見るためなら、貴女が幸せになるためなら、なんだってしてやりたいと思う。だが――他の男の所に行かれるのは、だめだ……っ」

「シュヴァリエ様、あの」

「行かないでくれ……ヴァイオレット……っ、あんな奴のところに、行かないでくれ……！」

切羽詰まった、縋るようなシュヴァリエの声。

大丈夫だよと安心させてあげたくなる一方で、彼から紡がれる言葉たちをずっと聞いていたくなるのは、醜い恋の感情からなのだろう。

（……そんなふうに言われたら私、貴方も私のことを好いていてくれていると、自惚れてしまいそうだわ……）

けれど、今はなにより誤解を解かなければいけない。

ヴァイオレットは言葉よりも先に体が動いて、弱くなった拘束から抜け出した右手を、シュヴァリエの左頬にそっと添わせる。

そして、瞠目するシュヴァリエを見ながら、ヴァイオレットは穏やかな声色で口にした。

「シュヴァリエ様、落ち着いて聞いてくださいませ。まず、私はダッサム殿下のことをこれっぽっちも好きではありません。それどころか、正直なところ嫌いですわ」

「……っ、だが」

「公爵家に乗り込んできたダッサム殿下が倒れた時に傍に寄ったのは、あの時にも言いましたが、私が薬師だからです。薬で対応しなければならない傷などないかと、見ていただけですわ。それと、手紙を読んでいた時の件ですが――」

ヴァイオレットはそこで、自身の頬に熱が集まるのが分かる。

これを言うこと即ち、自身の気持ちを吐露することとほぼ同じだからだ。

「嬉しかった、のですわ」

「？　嬉しい？　なにがだ」

「……私のことを、ダッサム殿下には絶対に渡さないと、仰ってくださった、から……」

「……！」

目の前にある、驚いたシュヴァリエの顔。落ち着きを取り戻したのだろう彼の瞳を見て、もう恐怖は感じない。

ヴァイオレットは、そっと彼の頬から手を下ろした。

けれど、ヴァイオレットは自身の発言に恥ずかしくなって、彼が口を開く前に先手を打った。

「そ、そもそも！　あ、あのような言い方をされたら、まるでシュヴァリエ様が私のことを好いているように聞こえますわ……！」

心臓は激しく高鳴っているのに、どこか冗談交じりのように軽く口にしたそんな言葉。

シュヴァリエはなんて言い返してくるのだろう。そんなヴァイオレットの疑問は、すぐさま解かれることとなった。

「──そうだ。俺はヴァイオレットのことが好きだ」

「…………。えっ。う、そ……」

「本当だ。貴女があの男の婚約者だった頃から、俺はヴァイオレットを愛している」

「私がダッサム殿下の婚約者だった時からって……だって……え？　私は、皇帝であるシュヴァリエ様の唇を奪ってしまったから、未来の妻にと……」

「全て説明する。……起き上がれるか？」

シュヴァリエはそう言うと、ヴァイオレットの上を退き、彼女の背中を支えるようにして起き上がらせた。

そしてシュヴァリエは、ソファーに腰を下ろすヴァイオレットの目の前の床に片膝を突き、真剣な瞳で彼女を見つめた。

「そもそも、〝皇帝は初めて接吻を交わした者を配偶者にしなければならない。その相手に断られた場合、別の配偶者を持つことはできない〟という決まりは大昔のもので、今は廃止されている」

「……えっ！　そうなのですか……っ!?」

「ああ。それなのに、俺は嘘を言って貴女を強制的に妻にしようとしたんだ。……本当にすまなかった」

頭を下げるシュヴァリエに対して、ヴァイオレットの心の中に浮かんだのは彼に対する嫌悪でも苛立ちでもなかった。

「つまり、シュヴァリエ様は以前から私を好いていてくれて、求婚も本心から行ったものだということですか……？」

「ああ、そうだ」

（どうしましょう……嬉し過ぎるわ……！）

まさに天にも昇る心地だ。

けれど、ヴァイオレットは一旦落ち着こうと自身を律した。シュヴァリエが何故そんな嘘をついたのか、聞かなければならなかったからだ。

「謝罪は受け取りました。シュヴァリエ様、とりあえず理由をお聞きしても宜しいですか？」

「もちろんだ。俺は――」

そうして、シュヴァリエはゆっくりと語り出す。

「突然ダッサムから婚約破棄をされ、王太子妃になる未来を奪われたヴァイオレットが酷く傷付いていると思った」

ヴァイオレットは長年、ダッサムの婚約者として、次期王太子妃候補として忙しい日々を送っていた。それをあんな形で奪われたら、シュヴァリエのように思うのは何もおかしなことではなかった。

「確かに、婚約破棄をされた時は傷付きました。私の今までの頑張りは一体なんだったのだろうと思ったからです。ですが、私は王太子妃という立場にこだわりを持っていたわけではありませんから、今はもう大丈夫ですわ」

「ああ。そう言われればそうだな。ヴァイオレットは、王太子妃という立場に惹かれて今まで頑張ってきたわけではないもんな」

ヴァイオレットはコクリと頷く。

そして、彼の言葉に引き続き耳を傾けた。

「それと……長年連れ添ったダッサムに、少しは特別な感情を抱いているかもしれない。それなら、より一層心に深い傷を負っているかもしれないとも思っていたんだ。……ヴァイオレットのダッサムへの感情については、俺の勘違いだったわけだが」

眉尻を下げて申し訳なさそうにシュヴァリエは話す。

ヴァイオレットがダッサムを好いているという誤解を深めた理由については先程聞いていたので、ヴァイオレットはもう一度「むしろ嫌いですわ」とはっきりと口にする。シュヴァリエの不安要素を、完全に消してあげたかったからだ。

ヴァイオレットの言葉に、シュヴァリエは微笑を浮かべる。そして僅かに沈黙してから、意を決したように口を開いた。

「俺はそんなふうに思っていたから、ヴァイオレットに自身の恋心をぶつけても、愛の言葉を囁いても、負担になってしまうかもしれないと考えたんだ。……だから、本音は言えなかった」

「……そう、だったのですね……」

「だが、ようやく誰のものでもなくなったヴァイオレットを、このまま諦めるなんてできなかった。陰では必死に努力し、薬師としても優秀だというのに偉ぶらず、次期王太子妃候補としての使命を必死に全うしようとするところも、ときおり見せる弱い部分や、薬草や薬のこととなるとキラキラとした目をする、可愛らしい貴女も、俺はずっと好きだったんだ。たまに見せる穏やかな笑顔を守るのは俺でありたいと、そんな貴女の隣にいるのは俺でありたいと何度願ったか、今や数え切れない」

「〜〜っ」

（シュヴァリエ様……っ、そんなにも私のことを……）

だから、と言葉を続けるシュヴァリエに、ヴァイオレットは引き続き耳を傾けた。

「あんな嘘をついた。そうすればヴァイオレットの性格からして、絶対求婚を受けてくれるだろう？　それに、この結婚は政略的なものだと思うことで、俺の愛が負担になることはないだろうと考えたんだ」

「……っ」

「ヴァイオレットを観察し、貴女の言動や表情からダッサムから受けた傷が癒えたと判断したら、直ぐに愛していると伝えるつもりだったんだが……。そもそもこれが間違っていた」

　ヴァイオレットは、シュヴァリエの切なかったり、辛かったりする気持ちを考えると、胸が痛かった。

「実は三日前から、ヴァイオレットがダッサムのことを好いているのかもしれないと、そのことばかりを考えていたんだ。……嫉妬で、頭がどうにかなりそうだった。……俺は、ヴァイオレットをダッサムのところになんて行かせたくない。自分本位だと思われても、俺はヴァイオレットが好きなんだ。そう思ったら我慢できなくて、今朝はそれを伝えようと、急いで来たんだ」

「……シュヴァリエ様……」

「だが、愛おしくて仕方がない貴女に、『ダッサムには絶対に渡さないと言われたことが嬉しかった』なんて言われたら……」

「あれは、その……！」

膝の上に置いていたヴァイオレットの真っ白な手の上に、ゴツゴツとしたシュヴァリエの手が重ねられ、ギュッと包みこまれる。

そんなシュヴァリエに熱っぽい目も向けられてしまえば、ヴァイオレットには微笑みを返す余裕なんてなくて、ただただ彼を見つめ返した。

「なあ、ヴァイオレット、俺はもう自分の思いを隠さない。たとえ傲慢だと思われても、貴女の心がほしい。愛している、ヴァイオレット」

「……っ」

「……思い違いじゃないなら、ヴァイオレットも俺と同じ気持ちでいてくれているのだろうか。もしそうなら、貴女の口から……聞きたい」

あんなことを言ったのだ。ヴァイオレットの気持ちなんて、とうにシュヴァリエにはバレてしまっているのだろう。

(そんな状態で、思いを伝えるのはとても恥ずかしいわ。……けれど)

それでも言葉を求めるシュヴァリエの気持ちを、ヴァイオレットは理解できる。

不安な気持ちも、辛かったダッサムとの過去の記憶も、その言葉を聞けば全て忘れてしまいそうになることを、ヴァイオレットは知っているから。

「わ、私は……私は、シュヴァリエ様のことが――」

――コンコン。

「「……!?」」

突然のノック音に、ヴァイオレットとシュヴァリエは目を見開く。

「「失礼いたします……って、あれ?」」

揃って入室してくるロンとシェシェ夫妻に、ヴァイオレットは無意識に姿勢を正し、シュヴァリエは立ち上がって溜息を漏らした。

「おいロン……シェシェも一緒か……。一世一代のこのタイミングで入って来るお前たちを、俺は恐ろしいと思えてきた」

「「も、申し訳ありません……。とてつもない邪魔をしてしまったことは察しました……」」

「さすが夫婦……ぴったりですわ」

一字一句揃っていることに、羞恥よりも驚きが勝ったヴァイオレットがそう言うと、シエシェがハッとしてロンの背中をバシリと叩(たた)く。

それからロンは、シュヴァリエとヴァイオレットに向かって口を開いた。

「たった今、ハイアール王国のダッサム殿下(でんか)と聖女様がお出(い)でになりました。それをお伝えするために参った次第(しだい)です」

「あの男、本当に間の悪い。……まあ良い。ヴァイオレット、行こうか」

「は、はい！　参りましょう」

ヴァイオレットが立ち上がると、シュヴァリエにそっと肩(かた)を抱かれる。

きちんと思いを伝えられなかったと焦(あせ)るヴァイオレットの耳元で、シュヴァリエは「続きはあの阿呆(あほう)の相手をした後だ」と囁いた。

第七章 ★ 最終決戦だ

ダッサムたちの待つ応接間が近付いてくると、ヴァイオレットは覚悟を決めたような瞳で、隣を歩くシュヴァリエに話しかけた。

「シュヴァリエ様、今日のダッサム殿下との話し合いは、基本的に私に任せていただけませんか？」

「……だめだと言いたいが、一応理由を聞こう」

心配だという眼差しを向けながらも、理由を尋ねてくれるシュヴァリエ。彼のそういう優しいところが大好きなのだとヴァイオレットは思う。

けれど、こればかりは譲れないというように、ヴァイオレットは凛とした声で理由を話した。

「以前にも言いましたが、籍を入れるまでは私はハイアール王国の人間です。ですから、ダッサム殿下を諌めるのは、私がやらなければいけないことだと思いました。……だめ、でしょうか……？」

ゆっくりと歩きながら、頭一つ分以上高いシュヴァリエの顔をヴァイオレットは見る。

ヴァイオレットの不安混じりの声に、シュヴァリエは、はたと足を止めて、腕組みをする。

続くようにヴァイオレットも足を止めて、彼をじっと見つめた。

「……。分かった。ヴァイオレットがそこまで言うのなら、貴女の意思を尊重する」

すると、少しの沈黙の後、腕組みを解いて承諾を示すシュヴァリエに、ヴァイオレットはホッと胸を撫でおろした。

「だが、少しでも危険だと判断したら俺は迷わず割り込むからな。貴女の安全が第一だ。いいな、ヴァイオレット」

「はい……！」

シュヴァリエに、ぽんと頭に手を置かれたヴァイオレットは、一瞬嬉しそうに顔を綻ばせる。

しかし直ぐに表情を真剣なものに切り替えると、ダッサムとマナカが待つ応接間に向かって再び歩き出した。

それからヴァイオレットは、シュヴァリエと共に応接間に入る。

テーブルを挟んだ奥のソファーには、先に通されたダッサムとマナカの姿があった。

マナカは勢いよく立ち上がると、拙いながらに挨拶を見せる。

（マナカ様、なんだか少し思い詰めているような表情に見えるわね。思い違いかしら）

その一方でダッサムは、ソファーにふんぞり返ったままだ。

「謝罪に来たとは思えない態度ですわね」

「全くだ。さすが稀代の阿呆」

「……ふふっ、あまり笑わせないでくださいませ」

ダッサムたちには聞こえないようコソコソとそんな会話を繰り広げてから、ヴァイオレットたちはダッサムたちの向かいに座る。

こちらに指をさしながら「こっちを見て笑っていなかったか!?」なんて言ってくるダッサムに、それが謝罪をしに来た者の態度かとヴァイオレットは言いたかった。

だが、そんなことを言っても彼が反省することはないので、話を進めることにした。

「……それで、殿下。シュヴァリエ様の貴重な時間を奪ってまで謝罪に来たのですから、早速本題に移ってはいかがですか」

そんなヴァイオレットの言葉に、ダッサムは腕組みを解くと、前のめりになってヴァイオレットを見つめた。

「ヴァイオレット、再び王太子妃の座をお前にやろう。私のもとに戻って来い」

ダッサムの発言に表情を曇らせるマナカの一方で、ヴァイオレットは表情一つ変えず、バッサリと言い切った。

「嫌ですわ」

「くくっ……ヴァイオレット、あまりに即答過ぎないか」

「……笑わないでくださいませ、シュヴァリエ様。こうなることは予想済みだったではありませんか。答えは決まっていましたわ。それに形だけの謝罪もできないような殿下に、他になにを言えば良いのでしょう」

淡々と話すヴァイオレットに、シュヴァリエは口元に手をやる。加えて、薄っすらと目を細めて、肩を震わせた。

ヴァイオレットはダッサムに対して呆れたと言わんばかりの目を向ける。

「なっ……なんだと!!　せっかく私の妻にしてやるというのに！　不敬だぞ!!」

語気を強めるダッサムに、シュヴァリエは眉間に皺を寄せ、鋭い眼差しを向ける。そして、背筋がゾッと凍りそうになるほどの冷たい声で言い放った。

「不敬はどちらだ。ヴァイオレットはもう既に俺の婚約者だ。求婚するだけで愚かなのに、よく俺の前で言えたものだな」

「そっ、そっ、それは～!!　と、というか、私がヴァイオレットを連れ戻しに来たことを予想済みだと!?」

ダッサムは顔を真っ赤にし、眉を吊り上げて立ち上がると、ヴァイオレットを睨み付ける。

おろおろしっぱなしのマナカに若干同情しつつ、ヴァイオレットはハァと溜息を漏らした。

「父からの手紙で、ダッサム殿下が今どのような立場におられるか存じています。謝罪というのは名目で、私を連れ戻しに来たのだろうということも想定済みです」

「ぐぬぬっ……本当に可愛くない女だな貴様は!!」

言わせておけば、またもやヴァイオレットに対する暴言である。

ヴァイオレットは言われ慣れているものの、シュヴァリエは許せないのか額に青筋が浮かぶ。

ヴァイオレットはそんなシュヴァリエの手にそっと自身の手を重ね、「大丈夫ですわ」と微笑んでみせた。

「なんとも思っていない相手からなにを言われようと、それは戯言ですもの」

「……分かっているが、貴女があんなふうに言われるのは腹が立って仕方がないんだ」

「……っ、シュヴァリエ様がそう言ってくださるから、私は本当に平気なのですわ」

「ヴァイオレット……」

「って、おおおおいっ!! 二人の世界に入るんじゃない!!」

どこか甘い雰囲気を醸し出す二人を止めたのは、ダッサムの叫び声だった。

恥ずかしそうにするヴァイオレットは「う、うん」と咳払いをし、シュヴァリエは小さく舌打ちをする。

（いけませんわ……シュヴァリエ様に愛しているなんて言われたとはいえ、舞い上がっていては……）

そう思うと同時に、ヴァイオレットはさっさとこの話し合いを終えてしまおうと、ダッサムに向き直った。

「そもそも、先程私に王太子妃の座をやろうなどと仰っていましたが、マナカ様はどうなさるおつもりだったのですか？　殿下はマナカ様を深く愛していらっしゃって、新たな婚約者として迎え入れたはずでは？」

まだヴァイオレットがダッサムの婚約者だった頃、突然王宮に召喚された異世界人——マナカ。彼女の登場に聖女様が現れたのだと周りは歓喜した。

そんな中でも、マナカを一番気にかけたのはダッサムだった。

公務をヴァイオレットに押し付けて暇だった彼は、時間が許す限りマナカに会いに行き、様々なプレゼントをしたり、甘い言葉を囁いたりしていたのをヴァイオレットは知っている。

——ああ、これが恋なのか。

当時のヴァイオレットは、ダッサムを見てそんなことを思ったものだ。

マナカもダッサムに心惹かれているのは火を見るよりも明らかだったし、二人は心から求め合う両思いというやつなのだろう。

だから今、いくら自分が王になるための手段とはいえ、ヴァイオレットを妻にすればマナカは良くても側室になってしまう。もちろん、それでも愛を育むことは可能だろうが、二人はそれで良いのだろうか。

（いえ、そもそも私はダッサム殿下のもとには戻らないのよ）

なんとなくダッサムとマナカの恋心の行方が気になって、ヴァイオレットは問いかけた。

するとダッサムはマナカに一瞥もくれることなく、蔑むような声色で言い放った。

「こいつは妃の器ではない。マナーも勉強もてんでだめ。こんな女を妻にしたら私の品格まで落としかねないだろう」

「なっ……」

なんて言い草なのだろう。ヴァイオレットがダッサムに言い返そうとした、その時だった。

「いくらなんでも酷いです……！　この世界に来て、私がマナーや国の歴史なんかを学ぼうとした時、そんなものは不要だから勉強するなと言ったのはダッサム様じゃないですか！」

「「……!?」」

マナカは、ドレスの太ももあたりをギュッと摑んで、眉を吊り上げ、ダッサムに反論した。ヴァイオレットが知る限り、こんなマナカを見るのは初めてだ。

だが、マナカは怒りの表情とは裏腹に、声には今にも泣き出しそうな、悲愴感が溢れていた。

そんなマナカの発言に、ヴァイオレットとシュヴァリエは目を合わせる。

「敢えて勉強をするなと命じるなんて、なんですの、それは……」

そして、ヴァイオレットはダッサムとマナカの両者に視線を戻すと、口からポロリと疑問を零した。

ダッサムがヴァイオレットに婚約破棄をした際、その理由の一つにマナカに勉強をするようグチグチ言ったことが挙げられていた。

実際、ヴァイオレットは王宮内でマナカに会った時に、何度か勉強をすることを勧めたり、そのための教材や人員の手配なら協力するからと話したりした。

だが、それをマナカは嫌がらせをされていると誤解し、ダッサムに相談し、その結果マナカのことを思いやったダッサムが勉強は無理をしなくてもいいと伝えているのだと、ヴァイオレットは思っていた。

だというのに、ダッサムがマナカに敢えて学ぶことをするなと言ったのはどうしてなのだろう。

無理をさせまいとするのと、勉強をするなと命じるのとでは、あまりに意味が変わってくる。

（……！　ま、さか……）

長年ダッサムの婚約者だったヴァイオレットにはその時、一つの考えが浮かび、瞠目した。

しかし、いくらなんでもそれはないだろう。さすがのダッサムだって、そんなことはしないはずだ。

「あの……確認ですけれど、ダッサム殿下はマナカ様のことを愛していらっしゃるのですよね？　だから、マナカ様のことを新たな婚約者になさったのですよね？」

ヴァイオレットはそう思ったから、いや、そう信じたかったから、確認をしたというのに。

「なにを言ってるんだ？　私は自分よりも学がなく、なんでも言いなりになる女を妻にしたかったのだ」

ヴァイオレットの問いかけに、ダッサムは悪びれた様子一つなく、あっけらかんと言い切る。

「なんてことを……」

ヴァイオレットは身を震わせてしまう程にゾッとして、片手で口を覆う。この時ばかりは、予想が当たらなければ良かったと思ってしまった。

（ここまで最低の人間を、見たことがないわ）

しかし、今のヴァイオレットにはダッサムに対する怒りよりも、ぼろぼろと涙を流し始めたマナカへの心配が勝る。

「少し前から、ダッサム様は私にきつく当たるように、なりました……。でも、ダッサム様は、私がこの世界に来てから誰よりも優しくしてくれた方だから、好きだって……っ、妻にしたいって……っ、言ってくれて、私、本当に嬉しくて……っ。変わってしまったのは、今は心に余裕がないだけだと、思ってたのに……っ」

嗚咽を漏らしながら言葉を紡ぐマナカは、両手で顔を覆うようにして肩を震わせている。

おそらく、今の発言や涙する姿からして、マナカのダッサムへの好意は本物なのだろう。だとしたら、こんなに辛いことはない。

（マナカ様……）

せめて慰めの言葉をかけてあげたいと思うものの、今マナカに言えることはあるだろうか。自分の立場でなにを言っても、マナカの心を抉るだけだろうか。

ああ、なんて自分は無力なのだろう。

ヴァイオレットがそんなことを思う中で、ダッサムはけろりとした様子で口を開いた。

「おいおいマナカ泣くことはないだろう？　少しでも私に愛される夢を見られたんだ。むしろ幸せ者だぞ？」

ようやくマナカを見たと思ったら、ダッサムは厭らしく口角を上げてそう述べる。

「……っ、ダッサム殿下!!　貴方には傷付いているマナカ様が見えていらっしゃらないのですか⁉　今の彼女のどこが幸せだと言うのです!!」

これではいくらなんでもマナカが可哀相だ。ヴァイオレットが堪らず声を荒らげると、ダッサムが反論した。

「あ──煩い煩い!!　マナカが今不幸せだというなら、それは全てヴァイオレットのせいだ!　貴様が私に一切指図することなく、黙って仕事だけをしていれば婚約破棄をしなかったんだ!」

怒りで我を忘れたかのように、ダッサムは唾を飛ばしながら、捲し立て続ける。

「貴様が私に口答えばかりするから、私は他の者を妻にしようと思った!　そんな時に、マナカが異世界からやってきた……!　この世界や国のことに無知な上、聖女としての力を持っていて、馬鹿で言いなりになりそうなこいつは、私が王になった際、隣に置くのにちょうどいいと思ったのだ!　だから優しくしてやった!　ヴァイオレットのような偉そうな女にしないために勉強をするなと言った!　だが……!　今は状況が変わったのだ!　マナカのような聖女の力しかないような女では、私の隣は相応しくないんだよ!!」

全てはダッサムが無能なせいだというのに。突然異世界に来たマナカにとって、ダッサムという存在は心の拠り所だったろうに。

それさえも分からないのか。マナカの涙を見て、少しくらい申し訳ないと思わないのか。

ダッサムには、人を慈しむような感情は備わっていないのだろうか。

(なんて、可哀相な人)

王になるべく育てられたのだ、多少高慢だったり、我が儘だったりするのは理解できる。

だが、ダッサムの思考や理念は、明らかに逸脱して、許容できるものではなかった。

「……うっ、うぁっ、酷いで、す……わ、たし、本当に……ダッサムさ、まのこと、好きだった、のに……っ」

顔を上げてそう嘆くマナカの目と鼻の先は真っ赤に染まっていた。

――なんにせよ、ダッサムがマナカを深く傷付けたことは、到底許されることではない。

過去にヴァイオレットを傷付け続けてきたことも、愚かな行いでシュヴァリエを危険な目に遭わせたことも、なにもかも、許せない。きっと、許してはいけないのだ。

だから――。

「だが私は優しい。ヴァイオレット！　私には貴様が必要なのだ！　貴様の過去の行いは全て水に流してやるから、私のもとで死ぬまで働け！　その権利をお前に――」

そう話すダッサムに対して、ヴァイオレットはおもむろに立ち上がる。

そして、ヴァイオレットの蜂蜜色の瞳が、ダッサムの濁りきったグレーの瞳を睨みつけた。

「貴方の妻になるくらいなら死んだほうがマシですわ。寝言は……寝て仰ってくださいまし」

吐き捨てるようにヴァイオレットがそう言えば、ダッサムの顔は血管が切れそうな程に真っ赤に染まる。

続いて、ダッサムは「なにをぉぉぉぉ!! ヴァイオレット!!」と叫ぶと、テーブルを乗り越え、ヴァイオレットの胸元に向かって腕を伸ばしたのだった。

「！ きゃあっ」

「ヴァイオレット……!!」

しかし、ダッサムの手がヴァイオレットに届くことはなかった。

その寸前にシュヴァリエがダッサムの手を思い切り摑むと、持てる力を全て使ってダッサムをテーブルの上に押さえ込んだからである。

シュヴァリエがダッサムに体重をかけ、絶対に逃さないように彼の背中側で両腕を拘束すれば、ダッサムは獣のような眼差しで彼を睨みつけた。

「もう限界だ……！ 戯言を並べるだけならまだしも、ヴァイオレットに手を出そうとするならばただじゃおかない……！」

「ヒィィィ！ ゴホゴホゴホッ……!!」

そんな騒ぎに、部屋の前に待機している騎士たちから「何かあったのですか!?」と声がかかるが、シュヴァリエは騎士たちには「問題ない！ お前たちはそこにいろ！」と扉越しに命じた。

ダッサムが拘束されたことにヴァイオレットはホッと胸を撫で下ろし、シュヴァリエに「助けてくださってありがとうございます」と礼を伝えた。

「当然のことだ。言っただろう？　貴女の安全が第一だと」

シュヴァリエの意識が、ヴァイオレットへと向く。

そのことでダッサムは余裕ができたのか、大きく口を開いた。

「私にこんなことをして、許されると思っているのか!!」

「まだそんなことを……！」

さすがにこの状況なら、ダッサムはもう先程の暴君のような発言はしないだろう。そう思っていたヴァイオレットだったが、ダッサムは想像よりも遥かに愚からしい。

「ヴァイオレット!!　貴様が私のもとに戻ってこないというならば私にも考えがある！　マナカの力を使って……ここ帝都に集団魔力酔いを起こしてやる!!」

「……！」

「なんて奴だ……！」

ヴァイオレットは驚きのあまり目を見開く。

一方でシュヴァリエは、ダッサムの肩を力強く摑んで上体を起こさせた。

「貴様……！　一体、人の命をなんだと思っているんだ……!!」

至近距離にあるダッサムの顔を、シュヴァリエは眉間に皺を寄せた顔で睨みつけながら、怒りを含んだ声を上げる。

マナカの魔法の効果範囲をおおよそ知っているヴァイオレットは、ダッサムの発言がただのでまかせではないことを理解し、息を呑んだ。

（……っ、こんなことを思いつくなんて、正気の沙汰ではないわ）

ダッサムの発言、それは、民を統べる者とは思えないものだ。

自身の意思を通すためだけに、リーガル帝国の一部の民を危険な目に——死に追いやろうなどと、通常であれば到底口にはできないことを、サラリと言ってのけるだなんて——。

「分かるか⁉　ヴァイオレットが私のもとに来ないせいで大勢の民が死ぬんだ‼　お前はそれで良いのか⁉」

ダッサムはそう言うと、シュヴァリエに両腕を拘束されている中で、できる限り息を吸い込んだ。

「おいマナカ！　この世界に来てから一番お前に優しくしたのは誰だ⁉　私だろう⁉　私の言うことに従うよな⁉」

「……っ」

マナカは号泣しながらも、頷くことも、魔法を使う素振りを見せることもしない。

そんなマナカに苛立ったのか、ダッサムは奥歯をぎりっと噛みしめてから、再びマナカに怒号を浴びせた。

「マナカ!!　言うことを聞かないとまた殴るぞ！　良いのか!!」

ダッサムの発言と、そして大きく肩をビクつかせるマナカを見て、ヴァイオレットは驚きと悲愴感を合わせたような表情を見せた。

（またって……！　まさか、マナカ様に暴力まで……っ）

ダッサムが人の上に立つような器でないことは、幼い頃から分かっていた。だからこそ、自分が支えるのだと、少しくらいは彼を改心させられないかと、幾度となく頑張ってきた。けれど、目を血走らせ、集団の魔力酔いを起こしてやると脅し、マナカにそれを強要するダッサムは、もう――。

（マナカ様が魔法を使う様子はない……。つまり、ダッサム殿下に協力するつもりはないということ。それならば、マナカ様を説得しましょう）

ヴァイオレットはダッサムが拘束されているテーブルを避けて、マナカのもとまで向かうと、床に膝を突いて彼女を見上げた。

未だに目に涙を浮かべているマナカを怖がらせないよう、ヴァイオレットはできるだけ優しい声色で話しかけた。

「マナカ様、貴女をこんなに辛い目に遭わせて、本当にごめんなさい。元ハイアール王国の国民だった者として、ダンズライト公爵家の者として、ダッサム殿下の暴走を止められなかった者として、心から謝罪します」

「……そんな、ヴァイオレット、さま……」

ヴァイオレットはマナカの手を両手でギュッと包み込む。

自身より少し小さい、マナカの手。よほど悲しいのだろう、その手は酷く冷たかった。

そうしてヴァイオレットは、凛とした表情で、こう言った。

「あんな人間の皮を被った悪魔のために、貴女が悪事に手を染める必要はありませんわ」

そんなヴァイオレットの言葉を、ダッサムは都合の良い解釈をしたらしい。にやりと口角を上げる。

「そうだヴァイオレット！　マナカに魔法を使わせたくないだろう!?　ようやく私のもとに戻ってくる気になったか！　貴様は俺の言う通り働いていれば良いのだ！　あはははっ!!」

愉快そうに目を細めて、そう言うダッサム。

シュヴァリエは余りの苛立ちに、ダッサムの肩を掴んでいる手に思わず力が入ってしまう。

だが、「いてててて……!!」というダッサムの苦しむ声を聞いて、少しだけ力を弱めた。

ダッサムを見て悲しそうにするマナカに、ヴァイオレットは「少し待っていてくださいね」と言うと、痛みで顔を歪めるダッサムの前に行き、彼を睨みつける。

そして、心の芯まで凍るような冷たい声色で、ヴァイオレットは言い放った。

「お黙りなさい……この下衆が」

「……ななな!?　ふ、不敬だぞ!?」

「……努力もできない、人の能力を認めることもできない。人を言いなりにして偉ぶることしか能のない。そんな殿下にもこうやって好いてくれる人がいたのに、そんな方も大事にできないなんて……」

怒りを露わにしているヴァイオレットに、ダッサムは唖然とした表情を見せた。

「これはマナカ様の分ですわ」

そして、ヴァイオレットはそうぽつりと呟いたのを合図に、ダッサムの頬にバチン!!と平手打ちを食らわせた。

「!?」

痛みのせいか、まさかヴァイオレットに叩かれるとは思わなかったのか、ダッサムは目を見開くだけで呆然としている。

シュヴァリエも一瞬目を丸くして驚いたが、すぐさまハハッと笑い声を上げた。

マナカはよほど驚いたのか、涙がピタリと止まっていた。

「殿下、ごめんあそばせ。頬に虫がいたもので、払って差し上げようとしただけですの」

嘘である。もちろん、ヴァイオレットは意図的に叩いたのだが、馬鹿正直にそんなことを言うわけがない。

　シュヴァリエは再びダッサムの拘束を強めてテーブルの上に押さえ込むと、「ヴァイオレット」と彼女の名を呼んだ。

「こんな状況でもダッサム殿下を思いやってやれるなんて、本当に貴女は優しいな」

　くつくつと喉を鳴らしながら、心底愉快そうにそう話すシュヴァリエ。

　ヴァイオレットは悪戯っぽく微笑んで「そんなことはありませんわ」と答える。

　すると、ダッサムは「はへ？　はらら？」などと気の抜けた声ばかりを出していた。

　そんなダッサムの様子にヴァイオレットは少しスッキリして、ふぅ、と息を吐き出してから、再びマナカのもとへと歩き出す。

　萎縮させてしまわないように、再度両膝を床につけてマナカを見上げれば、ヴァイオレットは穏やかな声で話し始めた。

「改めてごめんなさい、マナカ様……。沢山悲しい思いをして……辛かったですね」

「ど、うして、ヴァイオレット様が謝るのですか……。私、酷いことを……っ、自分のことで頭が一杯で、私……！　ダッサム様に言われて、貴女に嫌がらせされたって、嘘をついて……」

「ええ。もう良いのですよ。それに関しての疑いは晴れています。それに、知らない世界に来たら、傍にいてくれる誰かに縋りたくなるものだと思いますわ……」

涙は止まっているものの、ぐすっと洟をすするマナカ。

そんな中、ヴァイオレットはマナカに勉強を勧めたことについての話を切り出した。

「マナカ様、私がときおり貴女に勉強を勧めたのは、この世界で生きていかなければいけない貴女に、少しでも力を付けてほしかったからなのです」

「え……」

マナカはか細い声でそう呟いて、目を見開いている。

「いくら聖女の力があろうと、最低限の知識やマナーを身に付けていなければ、いざという時に貴女が苦しむこともあるかもしれないと思ったから。当時は殿下が傍にいましたが、あのとおり彼は頼りになりません。ですから、私なりに貴女の力になりたかったのです」

「ヴァイオレット様……そんなふうに、考えてくれていたんですか……？」

ヴァイオレットはコクリと頷く。

異世界という孤独な場で、ダッサムに依存するマナカ。ヴァイオレットは、そんな彼女の気持ちが分からないでもなかった。

きっと誰だって、知らない場所に突然やってきたら不安で、初めに優しくしてくれた人に懐くものだと思うから。

けれど、ずっとおんぶに抱っこでは生きていけないだろう。

だからヴァイオレットは、マナカが少しでも誰かに利用されたり、悲しい思いをしたりしないように、知識を得てほしいと思ったのだ。

「そんな……。ヴァイオレット様は、誰よりも私のこと、考えていて……っ、それなのに、私は……ダッサム様の言いなりになって、なんて酷いことを……。ごめ、なさい、ごめんなさい……っ」

罪悪感が込み上げてきたのか、マナカの瞳には再び涙が溢れ出す。

ポタポタポタと落ちる涙はドレスを濡らす。ヴァイオレットはそんなマナカを、力強く抱き締めた。

「……マナカ様、もう良いのですわ。大丈夫、大丈夫ですから」

「うっ……ううっ……」

嗚咽を漏らす度に揺れるマナカの体。ヴァイオレットはそんなマナカの背中を優しく撫でながら、穏やかな声色で問いかける。

「ねぇ、マナカ様。良ければ私と友達になってくださいませんか？」

「……っ？」

「私、これでも勉強やマナー、薬についてはそれなりに知識があります。ですから、色々とマナカ様の助けになれると思います。……だってほら、友達同士は助け合うものですから」

ヴァイオレットの提案に、マナカは「だけど……」と戸惑いを見せる。

けれど、ヴァイオレットの優しい声色と、穏やかな表情に、マナカはおずおずと口を開いた。

「こんな私だけど……お友達になってほしいです……！」

ふり絞ったマナカの言葉に、ヴァイオレットは花が咲いたようにふわりと微笑んで答えた。

「ええ、もちろんですわ」

それから、掠れた声で「ありがとう」と言ったマナカ。

彼女の本来の美しい心が、ダッサムに冒されていなかったことだけは救いだと、ヴァイオレットは安堵した。

だが、ダッサムは何一つ変わっていなかった。

「なんだ貴様たちのその茶番はぁ……っ、ヴァイオレットを連れ戻すために、力を使えマナカァ……！」

時間を置いたことで我に返ったのか、ダッサムは突然大声を上げる。

ヴァイオレットはマナカを抱き締めたまま、鋭い目つきでダッサムを睨み付ける。

「お前……そろそろいい加減にしろ」

「ぃぃててて っ……！」

するとシュヴァリエは優しい瞳でヴァイオレットに一瞥をくれてから、再び冷酷な瞳をダッサムに向ける。

そして、シュヴァリエは腰を折ると、ダッサムの顔に自身の顔を近付けた。

「愚かなお前に、一つ良いことを教えてやろう」

「いっ！　いい、こと、だと……？」

まさに、今のダッサムは蛇に睨まれた蛙だ。シュヴァリエに対してびくびくと脅え、吐き出した声はおかしなくらいに裏返っている。

「さっきお前は、聖女の力を使って、集団魔力酔いを起こすと言ったな？　そのことだが、ヴァイオレットが作った魔力酔いの予防薬のおかげで、お前の計画はどうあっても成功しない。……分かったか？」

「……へ？」

痛みのせいなのだろうか。それとも普段脳みそを使っていないからだろうか。

ダッサムは、シュヴァリエの説明を一度では理解できなかったらしい。

「え？　え？」と力のない声を吐き出すダッサムに対して、シュヴァリエは溜息を漏らす。

だが、致し方ないともう一度懇切丁寧に説明してやることにした。

「ヴァイオレットの活躍で魔力酔いを予防する薬は既に完成した。国中に予防薬を配布する拠点を作り、国民への配布も終わっている。帝都周辺に関しては、全員経口摂取しているのも確認済みだ。……つまり、今聖女が魔法を使おうと、この国では魔力酔いにより死んだり、重体に陥ったりする者はいないということだ。……分かるか？　そもそもお前の企ては、初めから失敗していたんだ」

ダッサムに話すシュヴァリエの言葉を聞いて、ヴァイオレットは、予防薬を作っておいて良かったと心底思った。作っていなければ、民を危険な目に遭わせる可能性が僅かにでもあったのだから。

「じゃあ、私がやろうとしたこと、は……」

ここまで丁寧に説明されれば、さすがのダッサムでも理解したらしい。恐怖からか、ダッサムは唇を真っ青にして、ぷるぷると震わせた。

「結果はどうあれ、お前は我が国の民を危険に晒そうとした。王になることは疎か、お前は重罪人だ。この国の法律では他国の者は裁けないから、ハイアール王国に引き渡すことになるだろうが、死刑判決は免れないだろう」

背筋が寒くなるほど冷たい声で、シュヴァリエはそう語る。

ようやく事の大きさを理解したダッサムの顔面からは、さあっと血の気が引いていく。

今までは、なんだかんだヴァイオレットが尻拭いをしてくれていた。いざという時には甘い父に泣きつけば良かった。

だが、いくら愚かなダッサムであろうと、今回の件は今までと重さが違うのだと、謹慎や勉強程度では償えないのだと悟ったらしい。

先程まで生きの良い魚のようにテーブルの上でピクピクと動いていたのだが、今は項垂れている。

それからシュヴァリエは、追い打ちをかけるようにダッサムに話を続けた。

「さて、お前のことは直ぐに罪人としてハイアール王国へ送り付けるか。その首、いつまで繋がっていられるだろうな」

「ぎょぇぇ……っ！」

まさに自業自得、因果応報。

ダッサムはこれから自身がどういう目に遭うか正確には分からなかったけれど、今まで当たり前にあったものが全て無くなるのだろうということは理解でき、絶望に打ちひしがれた。そんなダッサムは、生気を失ったような顔で、虚ろな目をしている。

「私、なんであんな人が好きだったんだろう……」

悲しいかな。恋の魔法が解けてしまったマナカは、ダッサムの姿に氷のような冷たい目を見せる。

「最低クズ男……」と呟いたマナカに、ヴァイオレットは力強く頷いて同意した。

それから、一週間が経った日のこと。

「食事が冷たい……パンが硬い……量が少ない……！　床は冷たいわ、服はボロボロで薄いわ、足枷があって自由に動けんわ、なんなんだこの、厳重な鍵はぁ……!!」

ハイアール王国の王宮の地下牢。

ここには重罪を犯した貴族や王族が収監されることになっている。

食事は一日に一度。死なない程度に貧相な食事と水が鉄格子の隙間から配られる。厳重な鍵と足枷によって過去に逃げ出せた者はいないらしい。

そんな地下牢の最奥には、数日前まで王太子として誰もが羨むような生活をしていた、ダッサムの姿があった。

「出してくれぇぇぇ！　ここから出せぇぇぇぇ!!」

叫ばずにはいられなかったダッサムだが、遠くに見える見慣れた人影に目を見開いた。

「父上……父上……！」

「ダッサム……」

ヴァイオレットを連れ戻しに行った日、ダッサムはシュヴァリエとヴァイオレットの迅速な手配により、すぐさまハイアール王国に帰還することとなった。

そして、三日の道のりを経て、すぐさま通されたのはこの地下牢だった。

両親に取り次げと言っても話は通らず、周りには看守しかいない状況に辟易としていたダッサムだったが、突然現れた父に希望を見出した。

(父上は私に甘い……！　反省をしている様を見せれば、ここから出してくださるかもしれない……！)

そう考えたダッサムは、鉄格子の真ん前まで来た父に向かって華麗な土下座姿を見せたのだけれど、それは意味をなさなかった。

「父上！　このとおり私はとても反省を──」

「黙れ、ダッサム。……いくらなんでも、他国の民の命を脅かそうとしたお前の言葉は、もうなにも信じられん」

「……!?」

ダッサムの謝罪の言葉は父に遮られてしまう。

今まで向けられたことがない、咎めるような父の目を見て、ダッサムは「え？」と間抜けな声を漏らした。

「お前が王宮に戻ってくるよりも前に、リーガル帝国からの早馬が来て、お前がなにをしたか全て承知済みだ。謝罪に行くなどと嘘をつき……まさか王太子の座を守るためだけに、他国の国民を危険な目に遭わせようとするとは……。シュヴァリエ皇帝陛下が温情を与えてくださらなければ、ハイアール国は帝国に滅ぼされるところだったんだ！！　恥を知れ！！」

「父上お待ちください！　けれど結局はなにも……！」

「阿呆が！　それは結果論だ！　ヴァイオレット嬢の聡明さと、シュヴァリエ皇帝陛下の手腕があったからこそなにも起こらなかっただけだ！！」

フーフーと鼻息を荒くし、肩で息をするハイアール国王はその瞬間、膝から崩れ落ちる。

この期に及んでまだ心の底から反省していないダッサムに、絶望したからであった。

「どこで……育て方を間違えたんだろうな……」

「ち、父上……？」

そうポツリと呟いた国王は、懐から書類を取り出す。それをダッサムに見えるように、鉄格子へと押し付けた。

ダッサムはその書類を凝視する。

難しい書面だったので読解に時間がかかったが、ようやく理解したというのに、今となっては知らなければ良かったと思う。

「ダッサム・ハイアールを終身刑に処する？　……ということは、死ぬまで、この地下牢で、生活、する？」

「ああ、そうだ。これは決定事項だ」

父が来ればこの状況は改善されると信じて疑わなかったダッサムの顔からは、どんどん血の気が引いていく。

「なっ、なっ、なっ！　嫌だ……！　死ぬまでここにいるなんて嫌だ！　出して！　出してください父上……!!」

ダッサムは鉄格子を強く握り、懇願する。

しかし、父の表情は、結局は許してくれていた頃の、穏やかなものになることはなかった。

「お前はなにをしたのか分かっているのか!?　この決定がどれだけ温情の込められたものか、それも分からんのか!!」

「温情……？　これのどこが温情だというのですか！」

ダッサムの問いかけに、父は悲愴な面持ちを浮かべた。

「本来お前は、帝国に処刑を求められており、その刑が執行されるはずだった」

「なっ」

「だが、それだけは勘弁してほしいと私がシュヴァリエ皇帝陛下に頼み込んだ。そして、とある条件を提示することで、お前は減刑され、終身刑となった」

その時のダッサムの脳裏には、シュヴァリエの言葉が反芻した。

――『その首、いつまで繋がっていられるだろうな』

（ち、父上がいなければ、私はあの男が言っていた通りに……!!）

死刑台に登ることを想像すれば、さすがのダッサムでも体がカタカタと小刻みに震え出す。

死を間近に感じることは、こんなにも恐ろしいことなのかと痛感したからだ。

（だっ、だが！　これでやはり父上が私を可愛いと思っていることは分かったぞ。ある条件とやらは気になるが……大したことではないだろう）

しかし、そこはダッサムというべきか。

死を回避したのなら、この地下牢からも抜け出したい。父に頼み込んで、父が権力をかざせば、案外どうにかなるのかもしれない。

そんなふうにダッサムは自身の都合の良いように物事を考え、又それを口にしようとしたのだけれど、その瞬間が来ることはなかった。

「ダッサムよ……。私がお前の減刑を望んだのは……お前がこんな化け物に育った原因の一端が、私にあると思ったからだ」

「な、なにを言って……」

「長子である自分とお前を重ね……私はお前が王になることを望んでしまった。そのためお前がなにかをやらかしても、あまり重い罪に問うことはなかった。……それが、お前をここまでの化け物にしてしまったんだな……」

こんなに覇気のない父の声を聞いたことがなかったダッサムは、僅かにたじろぐ。

「あ、あの？　父上……？　話がよく……」

分からない、と言おうとしたダッサムだったが、父の頰に涙が伝うのを見て、一瞬言葉を失った。

「だから、私もお前と共に罪を背負おう」

「……？　と、共に？」

「そうだ。シュヴァリエ皇帝陛下には、私の人生と共に償うことで温情をもらった。つまり、私も死ぬまでこの地下牢に入るのだ。私は甘さゆえ、お前を王にしようとした愚かな人間だ。王妃やナウィーを含め、誰も止めなかったよ。シュヴァリエ皇帝陛下に頼みこみ、ナウィーのためにマナカ殿を帝国に取られなかったことは、私のできる最後のことだったかもしれないな」

助けてくれるかもしれないと思っていた父も今後牢屋に入ることを知り、ダッサムからは「なっ、ななな!?」と焦った声が出された。

「もちろん、ナウィーがもう少し大きくなるまでは、この国のために身を粉にして働くつもりだ。だが、ナウィーは私やお前と違って聡い……。きっと直ぐに私のことなどいらなくなるだろう。その時は――」

国王はそう言うと、涙を拭ってダッサムに背中を向ける。

「私とダッサム……二人で、この地下牢で死ぬまで自らの罪を猛省しよう。それが、私たちにできる唯一の償いだろうからな」

覚悟を決めた父の顔。その後、地下牢の出入り口の方向に振り返った父の、どんどん小さくなっていく足音。

「父上、待って！　お待ちください！　嫌だ！　ここから出して‼　助けてよぉぉぉ‼」

ダッサムは再び、ガシャン！　と力強く鉄格子を摑みながら、しばらくの間そうやって叫び続けた。

終章★終わりは始まり

──同時刻。リーガル帝国では、薫風が吹いていた。

「ヴァイオレット、ここにいたのか」

「シュヴァリエ様……！　どうしてこちらに？」

妃教育の休憩中、調合室の直ぐ傍にある湖を、立ったままぼんやりと見つめていたヴァイオレットは、シュヴァリエに呼ばれ振り返った。

近くに控えていたシェシェは空気を読んでササッと下がる。

シュヴァリエの後方に控えていたロンもシェシェに続いて離れた場所で待機の姿勢をとった。

一方シュヴァリエは、ヴァイオレットの隣へと足を進めた。

「少し話したいことがあってな。貴女を捜していた」

「お手間をかけさせてしまって申し訳ありません。妃教育の休憩の間に調合をしようかとここに来たのですが、あまりに湖が綺麗でしたので眺めておりました」

水深はかなり深いのだが、水が透き通っていて、湖底がよく見える。

今度この湖でボートに乗りたいなと、ヴァイオレットは考えていたところだった。

「確かに、太陽の光が反射して水面がとても美しいな」

「はい。そうですわね」

同意すれば、シュヴァリエが顔をこちらに向けたのがヴァイオレットの視界の端に映る。ヴァイオレットも顔を横に向けて、シュヴァリエと目を合わせた。

「……まあ、ヴァイオレットの方が綺麗だがな」

「〜っ⁉　お褒めいただきありがとうございます……！　そ、それで、話したいこととはなんでしょう？」

「……ん？　最近あまりヴァイオレットとの時間がとれていなかったから会いたかったのと、聖女マナカの処遇について先程連絡があったから、伝えたくてな」

「……！」

実は、一週間前にダッサムとマナカがリーガル帝国に来てからというもの、ヴァイオレットは妃教育が忙しく、シュヴァリエは仕事に追われていたため、二人は別々の場所にいることが多かった。

シュヴァリエは通常公務はもちろん、リーガル帝国とハイアール王国の今後についての会議と、それによる各地への連絡、書類作成等で多忙だったのだ。

ダッサムがリーガル帝国の民を危険に晒すところだったので、ハイアール王国に温情は与えたものの、このままの関係というわけにはいかなかった。

そして、両国間で、ようやく昨日話がまとまったらしい。

「それで、マナカ様は……！」

ダッサムの処遇についてはロンから聞き及んでいたヴァイオレットだったが、ずっと気がかりだったマナカのことを聞くのはこれが初めてだった。

不安げに眉尻を下げてシュヴァリエを見つめると、彼はふっと微笑んだ。

「一週間の謹慎と、一ヶ月間、ハイアール王国の王城内の奉仕作業に当たることになったらしい。それが終われば、再び聖女としてハイアール国民の為に働きながら、マナーや勉強を教わる機会も与えられるそうだ」

「……っ、良かった……」

「これも全て、ヴァイオレットのおかげだな」

ここ数日妃教育に追われる中で、ヴァイオレットはマナカに温情を与えてほしいということと、彼女に勉強をする機会を与えてほしいという旨の嘆願書を、ハイアール国王とナウィーに書いていた。

そこには、ダッサムに良いように利用されていたことと、ダッサムにどれだけ命じられようと、集団魔力酔いの悪事に加担しなかったことも、もちろん記載した。

それを早馬でハイアール王国の王城に届けてもらってから、マナカの処分はどうなるのだろうかと、ヴァイオレットはずっと心配していたのだ。

「本当に、良かったですわ……」

マナカがハイアール王国でダッサム以外の拠り所を見つけ、自身の足で立てるようになってほしいと、ヴァイオレットは心から願い、胸の辺りで両手を握り締める。きっと、聡明なナウィーに任せておけば、大丈夫だろう。

それから、シュヴァリエはヴァイオレットに声を掛けた。

「ヴァイオレット」

「はい」

「聖女マナカのことはさておき……これで全て片付いた。もう俺たちを邪魔するものはいない。そろそろ俺たちの話をしたいんだが。あの時の続きを、聞かせてくれ」

「そ、それは……」

再三だが、この一週間、ヴァイオレットとシュヴァリエは忙しくてゆっくり話す時間がなかった。

だから、もちろんシュヴァリエのあの日の告白に対する返事も、まだ保留のままだったのである。

とはいえ、一週間前のことを思い出せば、保留とは名ばかりで答えは出ているようなものだ。

シュヴァリエもそのことは分かっているのだろう。酷く余裕そうな笑みを浮かべて、ヴァイオレットをじっと見つめている。

しかし、いざこうなるとヴァイオレットは恥ずかしくて、口から零れたのは「分かっているのにお聞きになるのですか……？」という言葉だった。

「はは。そんなふうに恥ずかしがっている顔も堪らないが……そうだな。俺は、貴女の口からちゃんと聞きたい。……愛しているよ、ヴァイオレット」

「……っ」

愛の言葉を聞きたいと、ほんの少し意地悪な声色で言われ、同時に愛の言葉を囁かれる。幸せ過ぎて頭がどうにかなりそうなヴァイオレットだったが、その時はたと、とあることを思い出した。

「その前にシュヴァリエ様……！　どうしましょう！　両親とエリックは、この婚姻が訳アリなのだと思ったままですわ……！」

シュヴァリエが実家に挨拶に来た時のことを思い出し、ヴァイオレットの表情には焦りが浮かぶ。

ヴァイオレットは耳を塞がれていてはっきりとは聞いていないのだが、事前の話し合いでは、シュヴァリエは家族に対し、接吻した者と結婚しなければならないからという理由を話したはずだからだ。

家族のことをとても大切に思うヴァイオレットは、今から今世紀最大の告白という試練に挑まなければいけないというのに、そのことで頭がいっぱいだった。

しかし、焦るヴァイオレットの頬にするりと手を滑らせたシュヴァリエは、一切動揺する様子なく答えた。

「問題ない。実はあの時、ヴァイオレットの家族には俺の本当の気持ちを伝えていたんだ」

「えっ?」

あれは、シュヴァリエがヴァイオレットの家族に初めて挨拶に行った時のことだった。

ヴァイオレットとの事前の話し合いにより、彼女の家族たちに配偶者選定の決まりの話もしなければならなかったシュヴァリエは、ヴァイオレットの背後に回って彼女の耳を塞いだ。

そして、ヴァイオレットの家族たちを真剣な瞳で見つめて、話し始めた。

「私は以前から、ヴァイオレットを愛していました。努力家なところや、次期王太子妃候補としての使命を必死に全うしようとするところはもちろん、ときおり見せる弱いところも、薬のこととなると少女のような表情を見せるところも。言い出したら切りがないのでここで止めておきますが、ヴァイオレットの全てが愛おしくて堪りません。……ですから、今回のダッサム殿下との婚約破棄を好機と思い、ヴァイオレットに求婚しました」

素直な気持ちを吐露すれば、顔を赤く染めるヴァイオレットの家族たち。

公爵は疑問を浮かべながら問いかけた。

「ヴァイオレットのことをそこまで愛してくださるのは大変嬉しいのですが、何故娘の耳を塞いでいらっしゃるのですか……？」

「それは……」

公爵の疑問は尤もだった。愛しているなら本人——ヴァイオレットにも包み隠さず伝えればいい。

だが、シュヴァリエにはヴァイオレットに思いを伝えられない事情があったから——。

「ヴァイオレットは婚約破棄をされたばかりです。私の思いを伝えることで、彼女の負担にはなりたくありません。ですから、私の気持ちは、ヴァイオレットにはまだ内緒にしていただけませんでしょうか？」

そう話せば、ヴァイオレットの弟のエリックが何か口パクでヴァイオレットに伝えていた。

その後、「そういうことならヴァイオレットを任せました」と言ってくれる公爵と、そんな公爵に同意を示す公爵夫人。

こうしてシュヴァリエは、ヴァイオレットの家族に気持ちを伝えていたのだった。

シュヴァリエからあの日の話の内容を聞いたヴァイオレットは、恥ずかしさから両頬を両手で押さえた。

(えっとつまり、両親とエリックは、シュヴァリエ様の本当のお気持ちを知っていて……？　だから、あの時ニヤニヤしていたってこと？　きゃ〜!!)

なんて恥ずかしいのだろう。ヴァイオレットの頬は、これ以上ないくらいに熱を帯びる。

「ヴァイオレット、まだ他に気になることがあるならなんでも答えよう。ただ、貴女が俺への気持ちを言うまで――」

シュヴァリエが、ヴァイオレットを力強く抱き締める。

「離す気はないが」

そう囁かれ、頬に触れる彼の胸が、まるで躍っているみたいに速く脈を打っていた。

(……シュヴァリエ様も、緊張しているのね……)

そんなところがまた愛おしくて、愛おしくて仕方がなくて、ヴァイオレットは彼の背中に腕を回してギュッと抱き着く。

するとより速くなるシュヴァリエの鼓動にまた愛おしさが募って、それは言葉となって零れた。

「……シュヴァリエ様、好き」

「……っ、ヴァイオレット……」

ヴァイオレットはシュヴァリエの背中から腕を解くと、「顔を見たいので、一度離してもらっても……？」と尋ねた。

シュヴァリエはすぐさまヴァイオレットの願いのままに腕を解くと、自身の鎖骨あたりにあるヴァイオレットの蜂蜜色をした綺麗な目を見つめる。

こちらを食い入るように見つめるシュヴァリエの碧い目に吸い込まれてしまいそうだ。

ヴァイオレットはそんなことを思いながら、愛おしくて堪らないシュヴァリエの目をじっと見つめながら囁いた。

「好き、大好き。いつも私を思いやってくださるところも、お優しいところも、皇帝として身を粉にして働いているところも、穏やかな笑顔も、たまに見せる無邪気な顔も、意地悪な顔も、いつも私を守ってくださる大きな手も……。全部、全部、愛していますわ」

溢れ出して止まらない愛おしい気持ち。恥ずかしさがないわけではなかったけれど、今はそれよりも伝えたい一心だった。

シュヴァリエは、ヴァイオレットの言葉にかあっと顔を紅潮させた。

「〜っ、ヴァイオレットの口からその言葉を聞くと、破壊力が凄いな」

「……私も、シュヴァリエ様に言われた時に、同じことを思いましたわ。けれど、その、中々言えずに申し訳ありませんでした」

軽く頭を下げれば、すぐさまシュヴァリエに顎をくいっと持ち上げられる。

その時のシュヴァリエの表情は笑顔で、この上ない喜びを表しているように見えた。

「いいんだ、そんなことは。本当に、夢みたいで、嬉しくて……幸せだ」

「……ふふ、本当に、幸せですね……」

至近距離で互いの顔を見合わせ、二人は気恥ずかしさが混じった穏やかな笑みを浮かべた。

「ヴァイオレット。俺はこれからずっと貴女を——貴女の笑顔を守ることを約束する。……だから、一生傍にいてほしい。……改めて、俺の妻になってほしい」

「はい。私は一生、シュヴァリエ様の妻として、お傍におります。……共に、この国を守っていきましょうね」

「ああ。これから先も二人なら、きっと大丈夫だ」

互いに少しだけ顔を斜めにして、そっと唇が触れる。

シュヴァリエの唇は、ヴァイオレットよりもほんの少しだけ温かくて、弾力があるのに柔らかい。それはとても、離れがたかった。

ようやく唇を離した二人は、睫の数が数えられそうなほどの距離で目を合わせる。

シュヴァリエはふっと小さく笑うと、視線はそのままに、片手をヴァイオレットの手へと伸ばした。

指と指を絡ませるようにきゅっと力を込めたシュヴァリエに、ヴァイオレットは顔に恥じらいの色を溢れさせながら、ピクリと体を弾ませた。

「今までも何度か手は繋いでいるのに、まだ恥ずかしいのか？」

シュヴァリエの声には、先程までの穏やかさの中に、少し意地悪さが混ざっている。

ヴァイオレットは息を呑むと、あまりの恥ずかしさに目を潤ませた。

「仕方がないではありませんかっ……たとえ手でも、大好きなシュヴァリエ様に触れられるのは、恥ずかしいのですわ……！　そ、それに、急なんですもの……！」

ヴァイオレットはそこまで言うと、一旦唇を噛みしめる。

それから、シュヴァリエの目を見ながら、勇気を振り絞った。

「けれど、シュヴァリエ様に触れられるのは、どうしようもなく嬉しいのです……！」

「……っ、なんて殺し文句を……」

今度はシュヴァリエが息を呑む番だった。

ヴァイオレットに対して「可愛すぎる……」と呟いたシュヴァリエの顔は、困っているのか、眉尻が少し下がっている。

シュヴァリエはそんな顔を隠すように、空いている方の手で自身の目元を覆い隠した。

「あの、シュヴァリエ様……？」

なにかおかしなことを言ってしまったのだろうか。不安げな顔で彼の名前を呼んだヴァイオレットだったが、それは杞憂であったと直ぐに知ることとなった。

「ん……っ」

シュヴァリエは目元を隠していた手を性急にヴァイオレットの腰に回すと、彼女の唇を自身の唇で塞ぐ。

その時間は僅か数秒。シュヴァリエは唇を離すと、余裕がなさそうな顔で囁いた。

「あんまり可愛いことばかりを言われると、キスが止まらなくなりそうだ」

「そ、それは……だめですわ……！　その、お仕事が残っていらっしゃるでしょう……？」

「はは。それはつまり、仕事を終わらせれば、いくらでもしても構わないということか？」

「〜〜っ」

熟した苺のように頬を染めるヴァイオレットに、シュヴァリエは堪らないというように、くつくつと喉を鳴らした。

「本当に……ヴァイオレットが可愛すぎて困るな」

シュヴァリエはそう言うと、再び顔をヴァイオレットに近付けていく。

「え……!?」と慌(あわ)てるヴァイオレットの耳元で、シュヴァリエは聞き心地の良い低い声で囁いた。

「ヴァイオレット、愛している。城内に戻(もど)ったら仕事を頑張(がんば)るから、もう少しだけ……貴女の唇に触れたい」

「……も、もう……!」

――ヴァイオレットの人生で初めてのキスは、未来の夫の命を救うための、ムードの欠片(かけら)もない苦いものだった。

……けれど。

――思いが通じ合ってからのキスは、また味わいたくなるくらいに甘いものだった。

二人はそれから何度も何度も唇を重ね、その甘美な甘さに酔(よ)いしれた。

あとがき

皆様、こんにちは、または初めまして。櫻田りんと申します。

『接吻したら即結婚!? 婚約破棄された薬師令嬢が助けたのは隣国の皇帝でした』を手に取ってくださり、ありがとうございます。書籍化にあたり、WEB連載からかなり加筆修正をさせていただきました。ヴァイオレットの強さと弱さ、優秀さ、シュヴァリエの全てを包み込む包容力や、ときおり見せる意地悪さ、ダッサムのとんでもなさ、マナカの心の揺れや悲しみ。これらが少しでも皆様に伝わればと願うばかりです。

イラストは、風見まつり先生が清楚で気高いヴァイオレットと、色気のある格好いいシュヴァリエを描いてくださいました。本当にありがとうございます。他にもWEBで応援してくださった皆様、担当様、角川ビーンズ文庫の編集部の皆様、デザイナー様や校正様など、この本に携わってくださった皆様に、心からお礼申し上げます。

最後に、本作が皆様にほんの少しでも癒やしを届けられていますように。楽しい時間を届けられていますように。改めて、ありがとうございました。

櫻田りん

「接吻したら即結婚!? 婚約破棄された薬師令嬢が助けたのは隣国の皇帝でした」の感想をお寄せください。
おたよりのあて先
〒102-8177　東京都千代田区富士見2-13-3
株式会社KADOKAWA　角川ビーンズ文庫編集部気付
「櫻田りん」先生・「風見まつり」先生
また、編集部へのご意見ご希望は、同じ住所で「ビーンズ文庫編集部」
までお寄せください。

接吻したら即結婚!?

婚約破棄された薬師令嬢が助けたのは隣国の皇帝でした

櫻田りん

角川ビーンズ文庫　23974

令和6年1月1日　初版発行

発行者——山下直久
発　行——株式会社KADOKAWA
〒102-8177　東京都千代田区富士見2-13-3
電話 0570-002-301（ナビダイヤル）
印刷所——株式会社暁印刷
製本所——本間製本株式会社
装幀者——micro fish

ISBN978-4-04-114489-3C0193 定価はカバーに表示してあります。
◇◇◇